感悟生命

维良 小飞／著

人民东方出版传媒
People's Oriental Publishing & Media

东方出版社
The Oriental Press

目　录

游历篇

心曲篇

感 悟 篇

——我们拥有了生命，就应该面对复杂的社会，体验纷繁的世事，品味多彩的人生……

感悟生命

如果说生命的起源离不开阳光、空气和水是一个真实的古老命题的话，那么我们在热情礼赞生命的博大、强悍、莫测高深的时候，就不该疏忽那些组成鲜活生命的细微成分，尤其应当吟诵它们的渺小、稚嫩、清澈透明……

于是在悉心体会生命的真谛，体会那些组成鲜活生命的细微成分的丰富内涵的时候，我禁不住想到了大海，想到了大山，想到了大森林，也想到了大草原……

大海的生命是什么样的？它的深邃是充沛的阳光一缕一缕的关爱孕育的，它的宽厚是清新的空气一丝一丝的抚慰培养的，它的辽阔是湍急的水流一丛一丛的汇集形成的……

大山的生命是什么样的？它的挺拔耸立是靠着炽热的阳光晒黑了的坚硬臂膀托举起来的，它的刚毅威猛是在浓烈的野风吹皱了的嶙峋面庞上雕刻出来的，它的质朴淳厚是由清凉的溪水染湿了的浓黑长发中飘散出来的……

　　大森林的生命是什么样的？它的浩瀚是和煦阳光哺育成长的百种林木汇集的，它的神美是温和暖风吹拂飞扬的千种色彩映衬的，它的坦诚是百味山泉滋润浇灌的万种花草堆积的……

　　大草原的生命是什么样的？它的高远苍茫是灿烂的阳光下远方游子敞开了衣襟的问候送来的，它的神奇悲壮是轻柔的晚风里牧马人捧起了酒碗的故事讲来的，它的无畏执着是奔流的小河边牧羊女点燃了篝火的牧歌唱来的……

　　一只奔跑的麋鹿突然停下四蹄，用惊恐的眼睛盯着自己流血的胸口，强忍剧痛，它会想些什么呢？
　　一只盘旋的山鹰突然停止扇动翅膀，在坠落山崖的瞬间，发出一声哀鸣，它会想些什么呢？
　　一条长流了多少天多少夜唱出了无数欢歌的小河倏然断流，它的生命戛然而止……这说明了什么呢？
　　一片茂盛了多少年多少月生长出数不清悲欢故事的草地突然荒芜，它的生命骤然消散……这预示了什么呢？

　　由此想到了人类，想到了自己。我们的生命又应该是什么样的呢？
　　阳光给了我们身躯，空气给了我们灵魂，水源给了我们

智慧；

　　母亲给了我们血脉，能使我们吸纳大自然中的风火雷电，能使我们吞咽生活中的苦辣酸甜；

　　父亲给了我们筋骨，教会我们的不仅仅是如磐石的坚硬，山峰的挺拔。更重要的是，教会了我们一种神奇的耐力：那就是默默地咀嚼人生，默默地品味人生……

　　更由此想到，我们的生命应该是这样的：

　　当你站立行走的时候，应想到跌倒后怎样爬起来；

　　当你遇绊跌倒的时候，应想到爬起来后再怎样稳步行走；

　　如果你成功了，要想到身后有失败潜藏着；

　　如果你失败了，要想到前方有成功期待着；

　　当你站在了人生的高峰处，不要只顾欣赏高山峻岭的灿烂美景；

　　当你走进了人生的低谷里，应想着怎样把幽谷里伤心的春日变成高原上丰收的秋天……

　　我们应该：

　　心胸像大海的水域一般宽阔，

　　意志像大山的筋骨一般坚韧，

　　品格像森林的大树一般挺直，

　　追求像草原的边际一般悠远，

　　……

题注： 这是一篇思考谋划已久，要作为我们的作品集《感悟生命》的开篇之作。写好它实在是太难太难了。我们厚积的人生经历与一直被繁重的业务工作挤压的诗情总该喷发一下吧，于是举起了略显笨拙的笔，把我们与人交往的杂事搅在了一起，也把40多年来对生命、事业、人情等方面的真实感悟进行了梳理，终于草成了它并将其发表在2003年第3期的《内蒙古教育》杂志上。

2003年4月5日

感受寂寞

　　无论在自然界还是在人世间，寂寞所反映的不仅仅是生活的一种存在形式。对于生命而言，寂寞更能够展示出的是一种境界。它既可以在平淡、恬静的积累过程中使生命辉煌、永存，也可以在平庸、死寂的销蚀过程里使生命晦涩、灭亡……

　　在大自然的变幻过程中，有哪一座山峰、哪一道河流、哪一片森林、哪一处草原能永远地寂寞下去，又能永久地沉浸在无言的天地里不愿享受喧嚣的快乐呢？

　　喜马拉雅是在登山人的冰锤的创击中猛然惊醒展露轮廓的，九曲黄河是在拉纤人的皮索的扯动下敞开喉咙学会咆哮的，北方森林是在守卫者的枪声里伸开长臂舒展舞姿的，塞外草原是在征战者的铁蹄下掀翻烈酒桶唱响长调歌的……

　　在人生的跋涉旅途上，有哪一段时光、哪一种经历、哪一次的成功或失意、哪一回的喜悦或哭泣不是在寂寞中孕育的，又为生命的境界填充了新的景致呢？

面对宫刑的羞辱，司马迁在寂寞中用写就《史记》的双手拭亮了留给后人的前车之鉴；面对朝政的昏暗，屈原在寂寞中走进汨罗江用唱尽《离骚》的嗓音喊出了"吾将上下而求索"的颤音；面对着空荡荡的海水的拍击，大沽口炮台在寂寞中翻卷出埋藏心底的一页页血泪历史；面对着明晃晃的阳光的拷问，圆明园遗址在寂寞中用充满血丝的眼睛记录下了"复兴中华"的一幕一景……

在不平静的日子里，究竟有哪些人会因为偶然的一次坎坷，无意中的一次冲撞，预料之外的一次仕途的不顺，想象不到的一次待遇的不公，悄然心陷寂寞，或沉沦变得卑微，或警醒扬起了奋发的旗旌呢？

也许会有人，正用苦涩的笑把寂寞捻成烟末，在吧嗒吧嗒的声音中无望地咀嚼着生活的艰辛；也许会有人，正用辛酸的泪把寂寞熬成苦酒，在吱溜吱溜的响声里麻木地品尝着日子的沉重；也许会有人，已经攥紧了双拳把寂寞搓成碎片丢进飞卷的大风里又去续写新的誓言了；也许更有人，已经迈出坚实的步履把寂寞踩成泥浆甩在苍茫的野地里又踏上新的征程了……

从此在我悠闲的心迹里，寂寞不再是一弯钩月、一片流云、一缕愁绪、一丝叹息了。它真正成了生命的一种境界。

轻轻地撑一下竹竿，你满船的收获就可以送达彼岸了……

慢慢地挥一下皮鞭，你满怀的牧歌就可以唱给天边了……

题注： 这是 2003 年"非典"快要结束的一段日子。我们整日忙于教育行政和文艺广播工作，其间做了最大努力，也在自己乐于奉献的岗位上尽心尽力，但还是尝到了很多的苦辣酸甜，忍受了很多寂寞时光。好在心气犹存，便在 5 月的某天草成了这篇散文并且将其发表在 2003 年第 7 期的《内蒙古教育》杂志上。

2003 年 8 月 9 日

感恩生活

感恩是一种美德。自然界传承着"羊有跪乳之恩，鸦有反哺之义"的神奇，人世间编织了"黄香温席，鹿乳奉亲"的故事，这是对报答养育之恩的赞誉。实际上，我们最需要感恩的是滋养出无数"滴水之恩"的生活本身……

生活像一次次旅行。在旅行中我们见证了成长。走进草原，那举目的辽阔令人神怡；跨入大海，那无边的浩瀚撼人魂魄；登上高山，那远眺的美景促人遐思；漫步田园，那清新的艾香惹人迷醉。这就是旅行带给我们的体验收获，每一次都能唤回我们的童真，也会加速我们对未来世界的追寻。想起了，孩提时的第一声呀语，求学后的第一篇稚文，入职后的第一份欣喜，成功后的第一丝得意……也想起了，草原褪色的愤怒，大海肆虐的无奈，高山秃陷的疑惑，田园荒芜的愤懑……这时候，无论你是而立之人，还是到了耳顺或者从心年龄；无论你是高官厚禄、款款大亨，还是布衣百姓抑或手无分文，都会经受磨难，经历幸福。这是生活帮助我们成长的过程，因为成长代表了勇于面对，代表着坚强、忍耐、包容和信心……

生活像一场场聚会。在聚会中我们学会了牵挂。记起了中学毕业时的青春晚会，那欣赏异性时的羞怯眼神，那钦佩学霸时的欣羡之情……记起了大学离校前的苦涩宴会，那竞聘职场屡屡受挫的疲惫，那壮志难酬依然执着的直耿……记起了同乡发小中年过后的纵情聚餐，那座席间交错的杯盏、松不开的牵手，那问询中找不到的身影、理不清的原因……记起了同事好友共庆退休生活的郊外之夜，那安排座次时的私下争执、结算费用时的斤斤计较，那为某一次政见不合的道歉、对某一次办事推脱的宽容……这就是聚会能让我们体会到的生活百态，每一次都能感受人生冷暖，每一次都能经历灵魂触动……这更是聚会教会我们的一种情感，一种品行。学会牵挂，牵挂往事，牵挂曾经相识过的人。因为牵挂代表了真诚相待，代表着理解、同情、互助和爱心……

生活像一回回追梦。在追梦中我们懂得了担当。记起了儿时心愿，总相信父亲的大手上托着绿地蓝天，总相信母亲的线筐里装满了新鞋暖衫……记起了读书时的期盼，每一次升学都能金榜题名，每一次竞赛都能斩将过关……记起了工作后的失落与得意，设计的方案终被采纳，研究的课题仍在层层审签……记起了儿孙绕膝时的愁绪和快感，孩子们的房贷何日还清，自己的身体依然康健……这就是追梦带给我们的满足，把生活的亏欠一点点弥补，把生命的轨迹一遍遍重演……这更是追梦奖赏我们必须有的处事态度，必须具备的待人胸襟。懂得担当，担当成败，担当荣辱。因为担当代表了不畏艰辛，代表着信念、责任、乐观和真心……

感恩生活，是因为她的每一次启迪，每一次警示，都能让我们思路明晰，步伐坚定……

题注： 感恩是一种美德，更是一种情怀。它像空气和水一样，维系了自然界和人世间的生生不息。记得多少次参加座谈会、培训会、听众恳谈会，我们的发言主要是向学生、教师、家长、校（园）长、基层听众谈学会感恩、懂得感恩。我们都知道"滴水之恩，当涌泉相报"的道理。我们的感恩意识大多都集中在对党、对国家、对民族、对师长、对长辈、对家乡的培养哺育、教诲等方面，殊不知，生活中的每一点滴、每一种体验、每一个境遇都会产生出足够我们受用终身的启发作用。转眼到了 2019 年 6 月，整理工作日记之余，正值全党开展"不忘初心，牢记使命"主题教育活动，写下短文《感恩生活》，算是我们作为一名老党员的有感而发吧……

2019 年 6 月 20 日

感触人生

　　每个人都有自己的人生轨迹，也有自己的人生信念。说到人生苦短，像是跋涉者对生活艰辛与时光易逝的无奈磋叹；说到人生若梦，像是享乐者对生活平淡与身心受缚的自嘲惋惜；说到人生无常，像是务实者对生活百态与适者生存的所悟所感；说到人生如歌，应该是敬业者对岁月静好与地久天长的心底期盼……

　　人生之路曲折漫长，总是千回百转。自从盘古开天地，三皇五帝到如今，多少人大浪淘沙，多少人笑傲山川。想想七国争雄时的秦嬴政，平定六国，天下凝一。纵能"车同轨、书同文，量同衡、行同伦"，终因逐奢靡、求长生而毁于二世，空留多少遗憾……想想风云人物成吉思汗，铁血豪情，志在天下。虽有率子孙挥刀连接欧亚大陆，纵马吮吸东西文明的功业，也因魂恋草原，难觅归处，留下多少千古谜团……想想世纪伟人毛泽东，雄才大略，指点江山。曾尽数历代帝王德才功绩与纸笔，又直抒人民至上情怀于胸臆，追问苍茫大地，谁主沉浮，留下多少警示答卷……

　　人生之路跌宕起伏，应当顺势求变。中华民族，上下五千年。自古寻仙、问道，喻理、求真的贤人络绎不绝，唯有顺势而为者才能随遇而安。想想古时逆境中发奋先哲们的典故：周文王遭拘禁演《周易》，孔夫子困异乡作《春秋》，司马迁受辱宫刑写下《史记》，李太白怀才不遇醉酒成仙留下诗作千篇……想想今世困境中图强的英模代表们的事迹：为筑强国梦的"航天之父"钱学森、"两弹元勋"邓稼先，为稳农业基的"杂交水稻之父"袁隆平、"杂交玉米之父"李登海，医者仁心冲锋在前的抗疫英雄钟南山、张伯礼，平凡中见伟大的"草原母亲"都贵玛、"最美奋斗者"申纪兰……想想近百年来的中华仁人志士，为了民族独立和人民幸福，不惜用灵魂、用血肉、用智慧，用双手创造奇迹，建立功勋，他们留下的人生业绩，后人景仰、动地感天……

　　人生之路风光无限，更要登高望远。在大千世界、芸芸众生里，我辈只如浮云一朵、沧海一粟。而在当今社会、现实生活中，我辈应当心怀抱负，甘于奉献。想想启迪我们心智的远古神话：女娲补天、精卫填海、夸父追日、愚公移山……哪一幅图画不是在展示我们民族不屈不挠的气魄肝胆！想想校正我们航标的前朝史实：从春秋战国时的纷乱，到秦汉统一；从三国两晋南北朝的分立，又到隋唐归为统一；从五代十国宋辽夏金的对峙，再到元明清共贯九州……哪一幕场景不演示出我们民族开疆拓土、山河永固的宏大心愿！想想滋养我们血脉的各民族文化宝藏和精神财富：从起于雅士名绅的诗经、楚辞、汉赋，到盛于大江南北的唐诗、宋词、元曲、明清小说；从涓流入海般的四书五经、《资治通鉴》《永乐大典》等志书典籍，到震撼人心的格萨尔王、玛纳斯、江格尔等巨制史诗；从万里长城、都江堰、大运河、坎儿井、紫禁城、布达拉宫等伟大建筑工程，到黎族棉纺、苗家银饰、满族旗袍、韶音楚乐、侗族大歌、蒙古长调等巧夺天工和天籁之音……哪一段传承不昭示着我们民族的生生不息、永续万年……

　　每个人的人生之路都存在着起伏，有的地方崎岖，有的地方宽阔，有的地方荆棘丛生，有的地方山花烂漫。嗟叹人生苦短，更要珍惜光阴，砥砺向前；笑言人生若梦，不可虚度年华，走马观花；感悟人生无常，需要审时度势、是非明辨；吟唱人生如歌，则需心绪高昂，意志弥坚。想想我们曾经播种的勤劳质朴、崇礼亲仁的农耕文明土地上，想想我们曾经放牧的热烈奔放、勇猛刚健的草原文明旷野中，想想我们曾经畅游的海纳百川、敢拼会赢的海洋文明浪涛里，每一个中华儿女是何等从容，何等果敢！每个人都扛起了建设家乡、振兴中华的重任，每个人都立下了和衷共济、和谐发展的誓言！

　　是啊，今日感触人生，我辈定要自省、自立、自强、自勉。既要有大爱无疆、气贯长虹的赤子般铁骨铮铮，更要有无言即大美、平凡即至雅的儒者般风度翩翩……也许，只有这样，人生才有了真正的不竭之源……

　　题注：在庚子将逝、辛丑渐近的日子里，闲暇时看了几部古装电视连续剧。那人物百态、那生活百味总在眼前和脑海中挥之不去。由此想到了我们经历过的烦心琐事，也想到了结识过的大大小小人物及他们的所作所为，不免心生感触。孩童时的玩友容易交心结伴，读书时的学友容易长年相守，工作中交往的同事即合即离，生活中走动的朋友难舍难分……有时候，想起更多的是那些翻手为云、覆手为雨的，指鹿为马、说东道西的，道貌岸然、趾高气扬的，察言观色、弄巧得势的……有时候，也能想起少许勤奋清廉、忠厚踏实的，埋头苦干、默默无闻的，做事认真、敢于直言的，坚守节操、不卑不亢的……这一切正常吗？答案是否定的。由此我们又想到了自己所体验过的趣闻逸事，想到了公正自在、正义永存，心情轻松了许多。是啊，人生之路形形色色，曲曲折折，但更多时还是阳光明媚，鸟语花香的。于是写下了这篇《感触人生》，意在感恩当今时代，感恩眼下生活。感谢泱泱历史长河中永远引领我们前行的中华文明之光，感谢茫茫时代大潮中永远推动我们奋进的中华振兴召唤。

2021 年 1 月 20 日

感念朋友

交到真心的朋友是人生一大难事。正所谓"人生得一知己足矣"。朋友绝不是什么人都可以做的。朋友是听你诉说的草原上的清风，朋友是帮你警醒的雪地里的辙印，朋友是催你奋发向上的蓝天白云下归雁的叫声……

古人有云：选择朋友要"以义相合"，结交朋友应"友直、友谅、友多闻"，朋友之间要"相信、相知"，要"重神交而贵道合"，以"德业相长为本"，追求"君子之交淡若水"，做到"生无请言，死无托辞，终始一契"，绝不可"盛合衰离，见利忘信"……

而在现实生活中，在人生旅途上，我们常会发出"朋友可遇而不可求"的感慨，也会滋长"知人知面难知心"的悲情，这或许是社会复杂、人心不古的缘故吧……也常会遇到"两肋插刀"搏命的壮举，陷入"面红耳赤"死谏的窘境，这是因为人心向善、正义不灭的公理犹存……

我们曾羡慕"三顾茅庐"的真诚相待；也曾羡慕《兰亭集序》的以文会友，"戊戌变法"的以友辅仁……还曾数遍天下成大事者的交友典故，阅尽天下留美名者的处友行踪……更寻觅过屈原唱《离骚》投江时，司马迁受宫刑写《史记》时，他们曾结识过又隐匿了的挚友的身影……

思古抚今，耳畔仍响起"多个朋友多条路，多个对手多堵墙"的"智者"劝诫，眼前仍闪过"人不为己，天诛地灭"的"勇者"面孔……难道那"有道德相亲而交，有学问相成而交，有气节相感而交，有然诺相信而交，有政治相助而交，有才技相合而交，有诗文相尚而交，有山水相娱而交"的择友之道会随风远去吗……

仰天俯地，今天的我们依然坚持：不做攀附权贵之人，不做追名逐利之人，不做花言巧语之人，不做深藏心机之人……今天的我们更要坚持：生活中择友要情趣相投，工作中择友要志同道合；结交一生之友要用真心守候，结交一时之友也要以诚相待……

朋友是记忆。只要我们穿行天南地北，就能驰骋在生命的旷野里，唤回马背驮走的故事、驼峰藏起的追寻、鹰翅带走的梦境……朋友是眷恋。只要我们点燃篝火炊烟，就能在升腾的天空上，牵回白云托起的乡情、小河流出的期盼、远

山举过的誓言……朋友是信任。只要我们举起金杯银盏，就
能在人生旅途中，守住岁月磨砺的坦荡、风雪洗礼的率真、
心血滋养的忠诚……

题注： 人在苦寂的时候，最先想到的是亲人；人在失意
的时候，最先想到的是朋友。而眼下，能抚慰你心灵的亲人
渐渐少了，能宽解你心情的朋友也少之又少了，这是现实。
多少年过去了，小时候的玩友们失去联络了，读书时的学
友往来少了，工作时结识的朋友、同事也多数"另觅新欢"
了，这也是现实。静下心来，写下这篇《感念朋友》，还是
要献给那些曾经形影难离、高谈阔论，有过美好回忆、有过
真诚相待的朋友。更要献给那些几十年来因迎风踏雪结识
的、因共同追求牵挂的，虽然不常往来但偶尔梦遇的，把淳
朴又奔忙的身影永远留在了我们记忆中的故交和同事们……

2017 年 12 月 6 日

感怀星空

人世间的繁杂侵扰神智，自然界的清幽舒缓心胸。那么，面对着这样的情境，我们该是无可奈何地甘咽繁杂、空品清幽呢？还是要心有所往地感悟、感怀些什么呢……

思考着，我不禁想起了一首多年前写下的小诗《致星星》，虽然幼稚，但记录下了当时的心情：

> 那是很小很小的时候，
> 躺在夜色的草地上数星星。
> 小河歇了，小草睡了，
> 我把童年的梦想放飞了。
> 是数不清的星星啊，
> 把草原的希望印在了我的心头……
>
> 那是已经长大的时候，
> 站在夜色的草地上找星星。
> 篝火熄了，人潮退了，

我把游子的忧伤藏起了。
是找不到的星星啊，
把草原的苦痛留在了我的心头……

这是再回故乡的时候，
走在夜色的草原上看星星。
琴声响了，舞步碎了，
我把生命的激情点燃了。
是看得见的星星啊，
把草原的追寻刻在了我的心头……

恍然间，心头的疑惑渐渐清晰了，答案也更加明确了。想起自然界的灵秀，以天地阴阳木火土金水的九层阶梯为人类的登高望远铺展彩虹；想起人类的高贵之尊，以首若天容、发如星辰、耳目似日月、鼻口为风气的伟岸动地感天……想起朗朗晴空下的生五谷、长桑麻、养六畜、圈虎豹的故事，想起灿灿星空上的启明、北斗、牛郎织女、十二星座的人神传说……想起了岁月蹉跎、行路坎坷、世事无常、人情淡漠……更想到了生命珍贵、责任无疆、真理长存、人性永恒……

就这样，终于明白了自己的心之所往。那便是挥之不去的满天繁星，更有她真心守候的人间美景、家乡绿色、草原宁静……

是啊，只要仰望星空，我们的心才能安静下来；只有感怀星空，我们的心便可随愿飞翔……

题注：不知从什么时候起，梦境里常常出现星星的影子。儿时草原夜晚的星星是数不过来的，往往是数着数着就在潮湿的草地上睡着了。长大后，每次回草原望天，夜空的色彩是迷蒙的，少了神秘，平添了忧伤。近些年，因工作和心之牵挂，我又习惯性地在草原的夜色中漫步。举头可望的一点点星光和身边无尽的烦恼激荡了遐想：坐落在草原深处的一所所蒙古族学校减少了，多数集中到条件更好的旗政府所在地去了；我们可爱的教师们的生活工作待遇需要多方面的关心支持……但只要坚持，哪怕是点点星光，草原上的民族教育事业定是大有希望的。谨以小诗《致星星》献给在校园里快乐奔跑的孩子们，也以此篇《感怀星空》与在边疆地区工作奉献的同仁们共勉。

2016 年 6 月 10 日

守望心灵

　　世界上最难做也是最应该做的事情就是守望。守望是一种无奈，为避乱世；守望是一种责任，为求亲睦；守望是一种坚持，为达和平；守望是一种追求，为入诗境……

　　当现实生活中的心灵净土也到了需要守望的时候，我们的心情会是怎样的呢？那古已有之的"幸有心灵，义无自恶"的自信还会如海涌流吗？那与生俱备的"非陈诗何以展其义，非长歌何以骋其情"的自傲还能如云飘逸吗？

　　记得人类年幼时的心曲幽静，那"乡田同井，出入相友"的亲和友善还能再现吗？也记得人类壮年时的心迹坎坷，那"守望相助，疾病相扶持"的不弃不离还能找寻吗？更记得人类走向今天时的心界洞开，那"和衷共济，和合共生"的光明道路正在铺展，那野草般丛生的贪婪、私欲、猜忌、追逐却时隐时现……

　　我们知道，心灵是收藏人类思想和感情的宝库，是升华人类意识和精神的殿堂。守护了她，可以仰望无际的星空，可以眺望浩瀚的大海，可以呼吸纯净的百草花香，可以倾诉澎湃的大爱真情……

　　守望心灵，就是要守住我们心底无染的旷野，守住我们心头无羁的天空。让心地随缘，生长吉祥万物；让心绪平和，包容生活万象；让心性豁达，接纳青山绿水；让心气高远，孕育盛世美景……

　　题注：2014 年 1 月 26 日至 28 日，习近平总书记考察内蒙古，深入草原腹地、边陲小镇、社区企业，沿途作了许多重要指示，留下了重重嘱托和殷殷期望。印象最深的是他重提了 5 年前来内蒙古时的盼语：希望内蒙古各族干部群众守望相助，守好家门，守好祖国边疆，守好内蒙古少数民族美好的精神家园。这给了我们边疆各民族儿女极大的鼓励和鞭策。结合 2014 年 9 月中央民族工作会议精神的传达学习领会，这句"守望相助"的深情叮咛促人思考。是啊，精神家园就是心灵寄托之所，就是文化传承之源。文化是民族的血脉，语言文字是文化传承的载体。只有大力发展教育事业，才能培养出更多更优秀的守护精神家园的高素质人才；只有心灵纯净，才能装下伟大祖国，装下中华民族，装下美丽家园，装下兄弟友情。谨以《守望心灵》这篇短文，记下这一片片长久积存的复杂心绪。

2014 年 10 月 20 日

守候思念

在我们的生活体验里，思念应算是最简单又最长久的情感了。它时而像捧在手里的一掬泉水，贴在脸颊，耳聪目爽；含入口中，气顺胸畅。它时而又像洒在心田的一缕月色，走进思绪，信马由缰；潜入梦境，心驰神往。它时而更像聚在深谷的一团云雾，冲向天际，霞光万丈；飘落四野，山清水亮……

有时候，思念也不简单。它有山盟海誓，也有儿女情长。父母思念儿女，能把每一天的艰辛捻成烟末点燃，能把每一年的苦盼酿成烈酒品尝；儿女思念父母，能把一次次的追悔拌进无味三餐，能把一件件的憾事锁在苦涩梦乡……丈夫思念妻小，无论是相隔万里戍守边防，还是近在咫尺打拼职场，都能把沉甸甸的责任手举肩扛；妻子思念丈夫，无论是忙碌田间奔波厂矿，还是独坐灯下空守柴房，都能把泪涟涟的敬老携幼煮成熟米热汤……

　　有时候，思念也难长久。它有草长莺飞，也有心绪惆怅。思念家乡故土，总能记起一串串乡音俚语、一群群驼马牛羊；思念兄弟姐妹，总能想起一丝丝别离牵挂、一回回包容谦让；思念同学发小，总能记住一句句趣话童谣、一次次斗狠争强；思念同事朋友，总能想到一场场苦谏力劝、一段段荣辱共当……

　　更多的时候，思念需要守候。守，是为了留住昨天的家长里短；候，是为了引来明日的鸟语花香。那躲在苦熬日子里的，那守在孤寂时光中的，那淋在相思泪雨下的，那笑在成功欢庆时的……这一切，该是怎样的思念之悲苦、思念之坚韧、思念之凄美、思念之豪壮的画面啊……

　　于是把游弋心底的思念结成一束小诗，让《思念》静静流淌：

　　　　思念是故乡草原醉人的清风，缠在脚下，绕在衣襟，紧随我漂泊的身影……
　　　　思念是牧羊姑娘美丽的音容，浮在眼前，住在心头，陪伴我坚定地追寻……
　　　　思念是阿爸阿妈深切的叮咛，响在耳边，刻在心境，护佑我纵马的人生……

于是更把挥之不去的思念凝成一曲牧歌，让《梦回草原》缓缓飘荡：

> 多少次梦回草原，为了那太多的思恋。乳烟升起，放飞了童年幻想；篝火点燃，收获了成熟企盼。阿妈的奶茶煮浓了我的温情，阿爸的烈酒泡胀了我的雄健。啊草原，多情的草原，是太多的思恋，让我梦回草原！
>
> 多少次梦回草原，为了那无尽的挂牵。山色青青，流连着牧场苍茫；湖水蓝蓝，渴望着草地辽远。勒勒车的故事翻卷我的思绪，马头琴的畅想激荡我的心田。啊草原，神奇的草原，是无尽的挂牵，让我梦回草原！
>
> 多少次梦回草原，为了那永远的信念。马蹄清脆，踏飞了历史尘雾；牧歌悠远，唱醒了祖先笑脸。苍天的祝福充实我的向往，大地的问候坚定我的誓言。啊草原，欢腾的草原，是永远的信念，让我梦回草原……

就这样，我们已把一生的经历和记忆凝结成心之所向了。守候思念，让这份人类最简单又最长久、最淳朴又最珍贵的情感永驻心房，永远芬芳……

　　题注：2020 年就要过去了，它注定是不平凡的年份，发生的事情太多太多。祖国、人民、社会、家庭、公理、人心……都经受了考验。庆幸的是我们走过来了。思念，这根穿透人心的情感丝线，连接着人类的良知和血脉。但思念什么？什么样的往事更值得思念、更值得守候？这是因人、因事、因情境而定的。正所谓"君子坦荡荡，小人长戚戚"。然而，凭着 60 多年的生活经验和人生经历，此刻我们最思念的应该是：祖国 70 多年的奋斗历程，人民百折不挠的进取精神，家乡和谐稳定的社会环境，身边各民族兄弟姐妹团结一心的真挚感情，共同铸牢的中华民族共同体意识，共同建设的美好精神家园……还有更重要的，是我们党"坚持真理、实事求是"的思想路线，"依法治国，人民至上"的施政理念，"不忘初心，牢记使命"的气魄雄心。这才是写下《守候思念》的真切心意。

2020 年 12 月 8 日

守护传说

    传说是先民留在时光中的或凄美或激昂的故事，也是后人镌刻在心头上的或融入血脉或缠扯不清的记忆，更是一代又一代追梦者探寻不止的或真实可信或神秘莫测的足迹……

    那么，我们的中华大地和各个民族的思想天空里，保存下了多少应该守护、应该讲述的传说呢？

    记得关于农耕民族和游牧民族起源的《太阳的后裔的传说》：那是天地初分之时，太阳生下了两个女儿。当黄河注入东海之际，就出现了第一叶轻舟。有一天太阳的两个女儿并坐在轻舟上，一路观花赏景，来到了山清水秀的神州大地。后来姐姐嫁到南方，妹妹嫁到北方。姐姐生下一个男婴，姐姐用丝绸做了一个襁褓。因为婴儿啼哭时会发出"唉咳、唉咳"的声音，所以把他叫作"孩子"，取名"海斯特"，意为"汉族"。海斯特出生时手里握着一块泥土，长大后他就种植五谷，成为农耕民族的祖先。第二年，妹妹也生下了一个男婴，妹妹用毡裘做了一个襁褓。因为婴儿啼哭时发出"安啊、安啊"的声音，所以把他叫作"安嘎"，取名为蒙高乐，意为"蒙古族"。蒙高乐出生时手里攥着一缕马鬃，长大后他就放牧马群和牛羊，成为游牧民族的祖先……

于是，在我们的骄傲中，就有了中华儿女的称谓，就有了五谷丰登、六畜兴旺的神奇……

记得关于蒙古族起源的《额儿古涅昆的传说》：远古时两个部落发生战争，其中一个部落大败，只剩下两男两女逃至斡难河与不儿罕山交界的额儿古涅昆深山。他们相依为命，繁衍生息……后来便有了"奉天命而生之孛儿帖赤那（苍色狼，男人名），其妻豁埃马阑勒（白色鹿，女人名），渡腾汲思（河水）而来"的史书记载，以及古歌《天风》的赞誉：

> 如天风般飞腾，如天风般狂猛，如天风般自由，如天风般雄伟！啊，我的天风，我的苍狼！
> 如天风般温柔，如天风般和睦，如天风般慈怀，如天风般长久！啊，我的天风，我的牝鹿！

于是在我们的自豪中，就有了不畏险阻、化铁熔山的壮举，就有了百折不挠、开疆拓土的功绩……

　　记得关于人类起源和发明创造的传说，记得关于世纪伟人和幻象奇观的传说，记得关于风火雷电和山水草木的传说，记得关于琴棋书画和衣食住行的传说……而此刻，更记起了眼前这目所能及的草原上关于成吉思汗陵寝的传说。这被称为"圣主的院落"的伊金霍洛！如成吉思汗所赞美的"花角金鹿栖息之所，戴胜鸟儿育雏之乡，衰落王朝振兴之地，白发老人享乐之邦"……也更记起了心随神往的关于蒙古长调、关于马头琴、关于哈达的世代传说。正如深情唱出的《传说》的旋律：

　　　　草原上有一首神奇的歌，那是哈达的传说，蓝天白云编织了身影，青山绿水滋养了品格。啊！哈达，你像我心爱骏马的皮缰，牵起了朋友亲人的思念，带上了阿爸阿妈的嘱托！
　　　　草原上有一首古老的歌，那是哈达的传说，祖先追寻坚定了信念，儿孙守望传承了美德。啊！哈达，你像我心爱骏马的皮缰，牵起了朋友亲人的思念，带上了阿爸阿妈的嘱托！

　　于是在我们的展望中，就有了兄弟亲善、互助和谐的景色，就有了共谋发展、同心筑梦的壮丽……

　　是啊，守护传说，就是守护了我们刻骨铭心的各个民族

的文化基因，就是守护了我们永续万年的中华大家庭的生命气息……

题注： 2021 年是我们伟大的党成立 100 周年的喜庆年份，也是"十四五"规划的开局之年。党中央号召开展党史学习教育活动，学史明理，学史增信，学史崇德，学史力行，对于全国各族儿女而言正当其时。想起党的十八大以来习总书记的一系列重要讲话精神，想到当前面临的国际国内复杂形势，吾辈虽老，仍存跃跃欲试之心。学史，既要学我们党的百年奋斗史、发展史，也要学中华民族几千年的抗争史、文明史。明理，既要明如何实现中华民族伟大复兴之理，也要明如何维护祖国统一、民族团结、经济发展、社会稳定大局之理。当然，不忘初心、增强自信、崇德尚礼、知行合一等更是需要努力做到的。

这几天写下了《守护传说》短文，是因为在梳理这些年往事的过程中，回想起那些曾经耳闻目睹的，曾经让心灵为之震撼的，曾经让品性为之洗礼的一篇篇神话、一段段传说、一首首史诗、一个个故事……这正是和风细雨般的文化传承啊！想到每一个民族文化遗产传承发展的艰难，想到《蒙古秘史》流传下来的曲折经历、《格萨尔王》传唱至今的心血旅程、草原文化亟待发掘的困顿局面……再想到还有多少如《牧歌》《鸿雁》《黄骠马》一样优秀的民歌渴盼传唱，有多少闪烁着神秘灵光的瞭望山、拴马桩、马蹄印的美

丽传说需要整理……更想到了习总书记考察内蒙古时的一次
次重托：守好内蒙古少数民族美好的精神家园，发扬蒙古马
精神；各民族要一起推动中华民族发展，注重从少数民族文
化中汲取营养；保护民族古籍，发掘蕴含其中的民族团结故
事；筑牢祖国北疆安全稳定屏障、生态安全屏障；继续保持
模范自治区崇高荣誉……恍然间，我们的工作思路应该明晰
了，我们的行为准则应该坚定了！以此短文算是轻声呼唤：
小德川流，大德敦化！

2021 年 3 月 15 日

守住乡愁

    在我们的印象里，最能牵动人类情感的那根无形丝线应该算是乡愁吧？乡愁是人生旅途中或在草原，或在乡村，或在山谷，或在大漠刻印下的斑斑足迹；是生活体验中品尝过的或甘甜，或苦涩，或欢快，或忧伤的浓浓滋味；是生命历程中或因亲情，或因友谊，或因志趣，或因品性保留住的丝丝缘分；是垂暮时光中触摸到的或柔美，或粗粝，或短暂，或长久的家乡故土的淡淡体温……

    那么，我们的乡愁是什么呢？还是缠绕在家乡草原上的一段又一段的记忆吗？

    顽童时，骑在山羊背上，扒在牛犊腰上，跨在快马身上的惬意与骄傲还在梦境中闪现着……

    少年时，坐在马背学校的黑板前，围在泥台土凳的课桌边，走进砖墙红瓦的校园里的懵懂与喜悦还在脑海里翻动着……

    成年时，用泡过烈酒的嗓音吼几声长调，用握过套杆的大手拨几下琴弦，用眺望远方的眼神寻找心之所向的豪情与胆识，这些都在胸口激荡着……

如今，把斑驳的牧场连成辽阔场地，把断流的河床注满水花，把牧歌悠扬和五畜兴旺永留草原的实现依然在渴望与企盼着……

那么，我们的乡愁又在哪里呢？还在一缕又一缕对父老乡亲所思所盼的牵挂里吗？

记得阿爸身上的那件老皮袄，多少次为抵御风雪把炸群的烈马兜回返青的牧场，多少次用烈酒和旱烟组合的气味催生儿孙们的坚毅与豪爽，多少次抖出了大山般的威严也抖落了秋草般的悲伤……

记得额吉手牵的那辆勒勒车，一次次卸下生活的艰辛又装满明天的希望，一遍遍碾碎了日子的单调又摇醒了岁月的畅想，一回回送走了子女们远游的身影又送去了他们出征的勇气和处世的真诚善良……

记得祖先留下来的《大扎撒》法令和坚守不懈的乡规民俗：敬奉天意，遵从智者；护卫家园，英勇无畏；信仰自由，贫富平等；诚实守信，无欺无凌；取舍有度，重情重义；夫妻互敬，孝老携幼；顺应自然，惜悯生灵；不污河水，不刷草地……还有很多的敬畏崇拜，很多的禁忌回避，很多的日月星辰故事，很多的衣食住行锦囊……

记得先辈们传下来的优美语言和精巧文字，那只有草

原人才能对眼前丰饶盛景做出的描述：银白色的羊群，枣红色的马群，珊瑚色的牛群，棕黄色的驼群……那只有勇士和诗人才能吟诵出的对战马体态的称赞：它那飘飘欲舞的柔美长鬃，好像闪闪发光的金伞随风旋转；它那两只炯炯发光的眼睛，好像一对金鱼在水中游玩……那依借畏兀儿文创制的回鹘式蒙古文，虽几经演变但终不改初形，定为胡都木蒙古文，竖写其身如龙，连笔其势如虹……用这样的文字记录下的千年史实，流传下的一部部鸿篇巨制，为中华民族文化百花园注入了殷殷骨血，也吹进了阵阵芬芳……

　　终于，我们明白了一切，明白了乡愁是什么，乡愁在哪里。从此每时每刻都会铭记：守住乡愁！守住这牧歌托起的、琴声穿引的生活惆怅，守住这伴随终老的、慰藉心灵的生命向往……

　　题注：记得这是 2021 年 4 月 27 日上午，我冒着蒙蒙春雨，乘 K1568 次火车自林东返回呼和浩特市。上车后隔窗观望沿途风景，虽然只是点点绿色、斑斑树影、层层沙丘，但仍不免心生快意。想起了几天来走访巴林左旗蒙古族中学、小学、幼儿园看到的变化，想起了几天来从十几位故交新友身上感受到的真诚友善；也想起了 20 多天前在赤峰市与几位教育同仁的畅谈，还想起了那期间去通辽市孟家段水库与八仙筒蒙古族学校几位朋友一起察看胡杨长势的情景，心情自然舒畅不已。之后，火车越过林西、经鹏小镇，渐渐驶进锡林郭勒、乌兰察布境内，突然赶上了今年的第 N 次沙尘暴，看到了漫天飞舞的黄沙，看到了火车路基两边堆积的各色垃圾，看到了沙丘间废弃的一处处矿坑厂房，看到了草场上东倒西歪的网围栏，心情又渐渐沉重起来……但又禁不住幻想：只要坚持，下定决心，我们的家乡就会变化得更快、更好。那蓝天白云、碧水草地、簇簇毡房、片片村落、乡音俚语、牧歌琴声一定会多起来的……于是第二天写下了这篇《守住乡愁》，算是抚平一下小受挫伤的心绪吧！

2021 年 4 月 28 日

学会舍得

　　自古以来关于"舍得"的箴言警句不胜枚举。舍与得仿佛成了登上天理人性高峰的必经台阶。然而，无论自然界还是人世间，舍与得其实很平常，很随便，似乎就在经意与不经意当中，该舍即舍，该得即得。正像莲花不舍对牡丹雍容的倾慕却得圣洁美名，彩虹不舍对天幕纯净的爱恋却得绚丽颂赞；也正像诚实的人舍弃虚伪而得人品高贵，勤奋的人舍弃懒惰而得人生圆满……

　　在古人眼里，舍与得早已归入了哲学的范畴。佛教中，舍即是得，得即是舍；道教中，舍是无为，得是有为；儒家学说认为，舍恶以得仁，舍欺以得圣。那时候的人们追求平淡，追求心态平衡，虽有鱼与熊掌取舍之扰，但终会"不以物喜，不以己悲"，相信"得之我幸，不得我命"，把舍与得视如水与火、天与地、阴与阳一样，既是矛盾体，又是辩证统一体而存于人世。由此就把孰舍孰得看作是区分君子与小人，甄别是与非的标尺和界限了……

在我们眼里，舍与得应该是现实生活道路上洞悉局势后的智慧抉择，是百年人生旅途中饱经沧桑后的聪明决断。舍是付出，是投入；得是收获，是回报。面对复杂的社会，我们坚信，舍得是一种快乐、一种境界、一种睿智、一种执念。面对朋友时，多些会心微笑，得到的友谊一定牢固；面对同事时，多些诚心相处，得到的信任一定持久；面对亲人时，多些细心牵挂，得到的真情一定长远。这不正是当今和谐社会所需要的心态和气量吗……

学会舍得，首先要领悟舍与得的真正要义。先舍后得，舍大得小，宁舍不得是一种美德；先得后舍，得大舍小，只得不舍可谓品行不端。想想我们身边的人和事吧：面对生活中的各种考验，有些人勤奋工作，默默无闻，甘为人梯，虽然舍弃了休息、时间、荣誉，但却赢得了亲人和同事们的理解崇敬；有些人爬冰卧雪，冲锋陷阵，报效国家，虽然舍弃了青春、爱情、生命，但最终获得了祖国和人民的追思纪念。面对既得利益的诱惑，有些人弄虚作假，投机取巧，坑蒙拐骗，虽然骗取了钱财，但却把自己带进了人品低下的泥沼；有些人阳奉阴违，欺上瞒下，私欲熏天，虽然得一时坦途，却把自己引入了人格尽丧的深渊……

学会舍得，更应当投身舍与得的真实境界。自然界有鸣蝉舍弃外壳得自由高歌，壁虎临危弃尾而得生命保全的实

证；人世间更有勇士断臂以求生，壮士舍命而取义的故事。这些都说明了一个道理：舍与得不是平等交换，舍与得应是更高层次的轮回。正如一些人奋力拼搏，全心全意奉献聪明才智获得了成功之后，有的人会止步不前，沾沾自喜而享受荣华富贵；有的人会把成功当作新的起点，把所得作为再舍的资本和动力而不断前行。这或许就是人品优劣，更是境界高低的反映吧……

大草原坦露胸襟，把空旷、苍茫、绿色、丰饶奉献给牧人；黄土地直抒胸臆，把平坦、深厚、金黄、收获捧送给农民，它们想得到的回报是什么？是蓝天白云注视下的牛羊肥壮、牧歌悠悠，是绿水青山守候中的五谷丰登、乡愁淡淡……

我们学会了舍得，就有了与人相互珍惜的机会，就有了与人相互欣赏的价值，就有了与人相互敬重的资格，就有了与人相互陪伴的难解之缘……

题注：近日整理工作日记时发现，自己曾经还有过那么多的"愤世嫉俗"的感慨，那么多的"路见不平"的抱怨，那么多的"司空见惯"的无奈，那么多的"心力交瘁"的抗争……难怪自己活得那么劳累，那么自责，那么无法洒脱。是啊，生活中的人和事，总是会有不尽如人意的地方。

你认为该做的事情，在别人的眼里那是"多余"；你认为这是做人的准则，在别人的眼里那是"迂腐"。所盼的"观朱霞，悟其明丽；观白云，悟其卷舒；观山岳，悟其灵奇；观河海，悟其浩瀚"的情境到哪里去寻找呢？于是想到了很多古代先贤的至理名言，想到了很多现世生活的真情实景，有感于"舍"与"得"，有感于"舍得"的境界：赞美、付出、放下；不苛求，不奢求、不强求……于是写下这篇《学会舍得》，以求宽心自慰。

2020 年 8 月 5 日

学会体验

在我们的认知里，每个人的生命都是在变化莫测的体验中度过的。体验是人们认识周围事物的过程。这样的过程或漫长或短暂，或跌宕或平稳，或可以刻骨铭心，或只是过眼云烟……

在我们的印象中，每个人的体验更是在生命的照拂下完成的，既有收获也有付出。收获多少付出多少取决于这个人的出身、经历、学识，取决于这个人的生活态度、心理素质、目标追求，还可能取决于这个人的禀性——是心高气傲呢？还是气定神闲……

想起了古时候智者先贤们生命体验的从容恬淡。那收藏在四书五经中的珠玑妙语，那挥洒在楚辞汉赋里的醒世呐喊，那放歌在唐诗宋词字里行间的悲欢离合，那铺陈在《资治通鉴》《四库全书》等书中的星移斗转……这样就汇聚了延绵 5000 多年中华文明的江河浩瀚……

想起了近现代革命先辈们生命体验的悲壮绚烂。那辛亥革命呼唤的民主自由觉醒意识，那秋收起义点燃的反抗压迫的燎原火焰，那万里长征培育的民族独立自强精神，那延安窑洞绘制的人民当家作主的彩色画卷……这样就编织了浴血100多年中华家园的山川璀璨……

也想到了我们父一辈曾经的生命体验。从孩提顽童时艰辛岁月里的同甘共苦，到少年青春时动乱年代中的心智磨炼；从而立之年成家立业的勤奋拼搏，到不惑之年担当责任的无私奉献；从年过半百老当益壮的家国情怀，到耳顺之年背负夕阳的苦涩流连……这是怎样含辛走过的漫漫长路啊……

更想到了我们这一代有过的生命体验。从沉浸于一个个动画故事里的时光流逝，到追逐一个个明星的无尽遗憾；从走进一间间补课教室的无奈应付，到走出一个个娱乐场所的身心慵懒；从冲闯一座座独木桥的或涕或笑，到奔波一场场招聘会的尤人怨天；从品尝一遍遍职场竞争的惆怅无措，到领略一次次创业成功的地阔天蓝……这是怎样懵懂走过的弯弯小路啊……

学会体验，就要学习祖先们探索未知的智慧，传承前辈们追求真理的胆识，弘扬父一辈改天换地的豪迈，坚定同龄人圆梦中华的信念……还要感受荷花绽放的坚持，珍视竹子

生长的积累，体会金蝉蜕壳的忍耐，坚守春花夏雨秋风冬雪如约而至的无悔诺言……

学会体验，就掌握了认识生活、丰富经历的本领，不再纠结身边的人情世故，不再担忧前方的荆棘磕绊……学会体验，就熟知了拓宽视野、开辟境界的路径，可以舒心地施展才华抱负，可以乐观地应对时事变迁……

题注：再次细读了明人洪应明所著的《菜根谭》一书，与之前比较，感觉明白的事理更多了，事情的体会更深了。在那"修身、应酬、评议、闲适、概括、体道"六篇的198段玑珠文字里蕴含的人生智慧和处世哲学令人如沐春风，如饮甘醇，更让人生出敬畏与感佩之情。古代先人们能有如此的人生体验，如此的生命感悟，这该是今世晚辈们多大的幸事和财富啊！想想自己的人生经历，自己的生活体验，所处的环境，再想想自己所处的时代，难免会为走过的路太平坦，遇到的事太平常，积怨的心思太功利，无奈的嗟叹太草率而愧疚万分。于是在自悟自醒中有了良知发现，更有了回味往事的心情，便写下了这篇《学会体验》，算是自解胸臆，也算是对"火锻人品，履冰立功"修身箴言和"操存真宰，应用圆机"应酬之道的品嚼吧……

2020 年 10 月 20 日

静观四季

在今后漫长的岁月里，我们拥有清闲的时光，拥有淡泊的心情，拥有享福的权利，拥有随缘的机会，就应该携手家人，背起行囊，多几次欢天喜地的愉快旅行；更应该约上朋友，敞开胸襟，多几次赏心悦目的四季观景……

这是大森林里的四季景象吗？记起了那一条融雪和碎冰延伸的小路，记起了那一道溪水和山洪冲刷的河床。听不到孩提时"顺山倒喽"的吆喊，看不到年少时马爬犁运输的奔忙；只听到了此刻幼苗破土的清脆声音，只看到了眼前老树展枝的粗壮臂膀；还听到了护林员巡山跋涉的呼唤，还看到了白色栀子花、紫色二月兰的争艳斗芳……更记起了那一处新建的民俗小院，更记起了那一排繁育树苗地暖房。听不到游客们登山爬树的吵闹，看不到深谷里砍伐开垦的荒凉；只听到了伐木老人讲述的惊险故事，只看到了钢斧油锯前的思索目光；还听到了远处传来的松涛阵阵，还看到了山外飞舞的大雪茫茫……

是啊，这里的春花绽放了温暖，这里的夏雨飘落了欢欣，这里的秋风吹送了惬意，这里的冬雪收藏了宁静……看到了想到了这一切，我们身上的烦恼瞬间飞向云霄了……

这是大草原上的四季风韵吗？记起了那一次的思乡梦境。看到了蒙古包升起的炊烟袅袅，看到了小羊羔跪乳的娇态憨憨，看到了牧马人急驰归家的心切，看到了牧羊女深情张望的眼睛……记起了那一次的同乡聚会。找到了那片涨满了雨水的湿地，登上了那座飘浮了雾霭的山冈，拜访了多年未见的古稀老人，观赏了名贵的粉芍药、罕见的紫柳兰……记起了那一次的外出考察。喝下了几碗迎客的醇香奶酒，品尝了面前摆满的美食佳肴，没忘记黄昏前的纵马驰骋，没忘记入夜后的心数繁星……记起了那一次的重归家园。看不到记忆中的横七竖八的自然路了，看不到印象中的东倒西歪的网围栏了，仿佛看到了父老乡亲生态保护意识的觉醒，仿佛看到了兄弟姐妹绿色发展信念的坚定……

是啊，这里的春天培育了勤奋，这里的夏天滋养了胆识，这里的秋天塑造了品格，这里的冬天纯净了心灵……看到了想到了这一切，我们心头的忧虑早已荡然无存了……

这是沙漠腹地的四季画卷吗？忘不了这里的奇峰、响沙、鸣泉、湖泊的神奇，忘不了这里的月亮湖、胡杨林、雅布赖山沙脊、曼德拉山岩画的诡秘……这一天，又走进了这片浩瀚沙漠，那望不尽的淡淡白云，正轻抚着每一粒细沙、每一株草叶的睡梦；那听得见的缓缓驼铃，正呼唤着每一块砾石，每一眼冰湖的苏醒；那一丛丛奋力长高的苁蓉、锁阳，正抬头倾吐着心底的渴望；那一团团早熟的刺沙蓬、蒲公英，正起舞追逐着心中的憧憬……是啊，经历了感受了这一切，我们生命中的俗念无处藏身了……

这是山村深处的四季缩影吗？忘不了这里的农舍、田埂、石井、古榆展示的朴素，忘不了这里的村委会、小学校、大喇叭、文化站激发的奇迹。那第一书记带来的脱贫致富计划，那支教老师描绘的大千世界画面，那特色农业的知识宣讲，那乡村振兴的美景展望……这一次，又踏进了饭香扑鼻的农家石板房，坐上了柴火烧热的大土炕。问候了主人家的平安，知晓了众乡亲的近况。拗不过老村长和新支书的苦劝，喝干了白瓷杯斟满的自酿烧酒，分享了蓝花碗盛上的"妈妈的味道"。之后是参观了村容村貌，走进了农副产品展厅，验证了电商平台的运营效果，讨论了绿色品牌的宣传方案……是啊，经历了感受了这一切，我们生活中的奢求无地自容了……

就这样，每一次的千山万水旅行，每一次的天南地北观景，我们的脑海总会闪出大森林的绿浪滚滚，大草原的牧歌悠悠，沙漠中的天地苍苍，山村里的乡愁浓浓……于是我们就更多了一份感恩的情怀，更多了一份谦逊的心胸，更多了一份理解的智慧，更多了一份奋斗的自信……

　　题注：总是畅想着退休后的生活多惬意，多潇洒，多几分"昼闲人寂，夜静天高"的悠然恬淡心境，少几许"烛残念冷，梦破身轻"的飘忽虚无纠结。可事与愿违，人心难遂，一场铺天盖地的新冠肺炎疫情袭来，扰乱了所有人的生活秩序，阻滞了所有的山水之盟，只能是无可奈何地困居家中。尤其是每天看到电视播报，每天查阅专家述评，惶惶之情越聚越浓，反倒更添了焦虑忧愁。想想那计划中的访问山水的旅行，想想那相约好的走家串户的小酌，都变成了"一江春水向东流"了……无奈中，只能与书籍电脑相随，只能与家人手机相伴，只能在回忆与遐想中走出家门，走向旷野，也只能把心头的渴望与向往写进《静观四季》的文章里了……

2022 年 9 月 10 日

静待变老

当我们无意间要变成闲居的人，开始默默整理书籍、日记、文稿的时候；当我们确定已成为离职退休的人，再次看一眼用过的办公桌椅、文件书柜、暖瓶拖把的时候；当我们毅然走出了熟悉的工作环境，身背着来自不同方向的目光的时候；当我们故作兴奋地推开家门，高喊一声"我回来啦"的时候……唉，我们真的开始变老了吗？

听过许多关于退休后居家不适应的笑话。有的早晨起来穿戴整齐，等待其他人敲门；有的一会儿看手表，一会儿看手机，不停地抱怨为什么不通知开会的时间地点；有的坐在沙发上认真翻阅讲稿，酝酿着大会作报告时的情绪；有的早早整理好装束，等待着与爱人一起牵手出门……这样的小段子很多很多，但不知编撰者的心态是什么，总不会是对曾经的"爱岗敬业者"的真心赞颂吧……

我们回家了，可以放松心情了。虽然觉得自己的身体

还硬朗，头脑还清醒，精力还充沛；觉得自己还能写出更细致的总结报告，提交更周详的计划建议，解决更棘手的困难问题，但这已无可能了。那攥在手里的一纸退休通知书是冰冷的，你再热的心也焐不暖它了，你再浓的情也融不化它了……这就是我们眼下真真切切的现实啊……

真庆幸我们是20世纪50年代、60年代出生的人；是忍受过饥饿煎熬，目睹过父母遭难的人；是经历过上山下乡磨炼，走进过工厂兵营爬滚的人；是搭上过高考末班车，赶上过改革开放大海潮的人；是参加过无数次肃正清风教育活动，满怀过责任感使命感的人；是献身过中华民族站起来富起来强起来事业，见证过第一个百年奋斗目标如期实现的人……

很感激我们的身上早已刻下了老一辈人的坚毅、坚韧，我们的心头还流淌着这一代人的坚强、坚信。那"老骥伏枥，志在千里"的豪气不断冲击着我们的血脉，那"夕阳无限好，只是近黄昏"的叹息不会在我们耳边停歇。只有那"鬓发历志，白首不衰"的初衷，只有那"千磨万击还坚劲，任尔东西南北风"的老练会永远紧随我们前行……

我们回家了，可以心无旁骛了。不必在意往日工作上的功过是非，不必在意身边某些人的冷漠品评。而应当重拾年轻时的兴趣爱好，再探未敢涉足的神秘领域。去翻看一下发黄的旧书，寻找"颜如玉""黄金屋"的幻影；去摆弄一番不知名的花草，读懂它们深埋心底的痴语；去报一个书法班、健身班，敞开与陌生人交流的心扉；去跨进时髦的互联网站，体验一下抖音直播、小店带货、攒股权积分、编辑小视频的乐趣……

这样我们就会感到，人在变老的时候多么美好。那是尝尽了人间酸甜苦辣后的淡定，是历经了世事悲欢离合后的从容，是共担了事业荣辱成败后的豁达，是享受了国泰民安日子后的感恩……

这样我们会更感到，人在变老的时候多么随性。那是想着如何减轻老龄化社会包袱的焦虑，那是盼着怎样化解新冠肺炎疫情和社会矛盾的祈福，那是关注世界变局的操心，那是渴望中华大地山水林田湖草沙冰尽现美景的叮咛……

我们回家了，可以谈笑风生了。如果有人问：工作与退休的变化是什么？我们会毫不迟疑地回答：工作时我们"爱国如家"，退休后我们"爱家如国"……如果有人想：他们退休了多轻松呀，活着就挣钱！我们太难了，挣到钱才能活着！我们会告知：我们现在挣到的是"财富积累"完成后的"存款利息"，你们挣到的是"财富积累"过程中的"劳动报酬"……如果还有人质疑这个不公平，那个不合理呀，我们的感觉就可能是愤愤不平了……

不是这样的吗？我们父辈建设的，是先烈们用血衣包裹住的家国团圆，是先烈们用骨肉连接成的复兴伟业；我们这一辈建设的，是勤劳汗水浇灌出的各行各业的日新月异，是智慧雄心拓展开的五洋九天的沧海桑田……

不是这样的吗？在我们几代人的手里，已经有了丰衣足食的工农业坚固基础，已经有了无敌敢犯的陆海空强大国防，已经有了健全完善的教育医疗体系，已经有了便捷快速的交通讯息织网，已经有了"四个全面"战略布局和"五位一体"总体布局的兴国谋划，已经有了奋进新征程，实现第二个百年梦想的壮阔图景……

是啊，我们回家了，可以静待变老了。但我们的心里依然扎根着"咬定青山不放松"的执拗，我们的胸中依然激荡着"直挂云帆济沧海"的豪情……

题注：得闲时品读清代王永彬的《围炉夜话》，亦如饮甘露、沏香茗般醒目舒心。尤其那段"名利之不宜得者竟得之，福终为祸；困穷之最难耐者能耐之，苦定回甘。生资之高在忠信，非关机巧；学业之美在德行，不仅文章"的妙语，更是让人恍然大悟，受用终身。想想工作时的状态，想想退休后的生活，我们的心底还有什么放不下、扯不清的东西呢？自然法则不容改变，生命旅途难以左右，活好当下才是最重要的。忘掉那些曾经的不愉快、不公正，忘掉那些遇到的苟且事、得意人。不再相信所谓的"处世哲学""人生境界"，不再认同所谓的"生存定律""交友之道"。而是要保持平常心，做好平凡人，守住自信善良，留下骨气刚强……还要尽情享受党的二十大总结的"十三个方面成就"的阳光雨露，享受3年来的抗疫战果……正是想到了这一切，所以将断断续续写下的《静待变老》短文进行了整理，算是2022年岁尾的一点感情抒发吧……

2022 年 12 月 20 日

坚持追梦

——文学创作遐想

1. 追求梦想是人类最美好的情感。初谙世事的人，最早都有过做文学家、科学家的梦想，这是值得称颂的。人类最原始、最强烈的情感律动，应该就是歌之、舞之、蹈之，进而是诗言志，歌永言，声依永，律和声吧……

2. 追梦是需要持之以恒的。尤其是坚定了从事文学创作的信念，更需要勇气、能力、才华和良知。因为文学创作的过程实际上就是生活、情感、人生目标逐步趋于统一、和谐、完美的过程。但如果你是一个功利主义者，文学创作就可能变成追逐某种利益的手段了。

3. 凡是从事过文学创作的人都知道，兴趣是最好的老师。有了兴趣才能产生强烈的创作欲望，也才能在日后的长期煎熬中耐得住清贫，持之以恒，走向成功。同时，坚实的生活积累，丰厚的知识储备，娴熟的写作技巧，无疑是你畅游于文学长河时必不可缺的金桨。

4. 要学会正确评价自己，更要学会正确评价他人。正确评价自己是为了鼓足勇气，振奋精神，卸下妄自菲薄的思想包袱，轻轻松松地向着自己选定的、经过艰苦拼搏已经看得见曙光的前方奔跑；正确评价他人，是为了借鉴经验，充实自我，打消妄自尊大的意念，踏踏实实地奔向那已是阳光初照的前方，去开创自己的文学创作的天地。

5. 如果你初踏文学之路时前方便出现了笔直的阳关大道，一出手就写了警世之作，这固然是幸事（实际上这在生活中是极少见的）；如果你在创作的路途上，总在崎岖的山道上攀登，这虽然不是幸事，但这也许是对一个追寻者的真诚的回报。那小溪流经过了无数次的曲折、无数个日子最终归向大海的欢悦心情是怎样的呢？

6. 要善于选择文学创作的视角。生活的每个切面都有金子般的光点闪烁着。细心地观察生活、悉心地体味生活，真心地反映生活，这是每一位作家都在苦苦追寻着的境界。一个历史故事能演绎出时代风云的变幻，一个英雄人物的事迹能反映出国家民族的悲欢命运；一滴水珠能现出大海的磅礴气势；一片绿叶能映出大自然的美妙绝伦……

7. 哪一种文学创作的体裁更能使你写起来得心应手呢？诗歌的隽秀、散文的灵动、短篇小说的精致、鸿篇巨制的恢宏、文学批评的缜密，还有其他文学体裁，它们都有着各自的特点，有着各自独特的表现形式。选择哪一种或者选择哪几种是不能强求的，只有你自己才能作出抉择……

8. 在生活中，你往往惊叹更多的是大自然的鬼斧神工：山峰的嶙峋，峡谷的幽深，云烟雾海的迷蒙，海市蜃楼的奇幻……同时，你也免不了要惊叹人类的匠心独运：长城的巍峨雄壮，摩天大厦的气贯长虹，三峡大坝的顶天矗地，人造园林的曲径通幽……在文学创作的艺术天地里，我们为什么不能潜心竭虑，在保持自己创作个性的前提下，用一砖一瓦、一草一木，开一片草坪，修一条水渠，建一处长廊，垒一座山石，精心构筑自己的"园林景观"呢？

9. 有时候，你会因为在森林中听到一阵银铃般的鸟鸣，或是在山野中看到梅花鹿奔跑的身影，便会对森林、对山野生活产生向往，想要进一步了解、去深刻体会那里的一切，进而在文学创作上与森林、与山野中的人和事产生不解之缘；有时候，你会因为在草原上听到清脆的由远而近的马蹄声，或是看到白云般游动的羊群，看到晨曦中蒙古包前牧妇们忙碌的身影，看到野灶上慢腾腾升的炊烟，便会产生对草原、对牧人生活的强烈的探求欲望，进而从心底涌起对草原、对马背民族悠远文化的深深爱恋……

10. 那大山的幽静，会使你的作品里流泻出轻轻吟唱；那森林的邃远，会使你的作品染上凝重的神往；那乡村的恬淡，会使你的作品多一丝平和；那草原的空旷，会使你的作品添几许苍凉；与孩子们接触多了，你心底会多一份天真，多一份童趣；在校园里生活久了，你的脸上会多盛开一些稚嫩的花朵，你的喉管中会多跳出一串夜莺般的音符……也许，这就是生活能触动创作灵感，创作经历能丰富生活感受的道理吧！

11. 文学创作离不开生活的体验与积累。现实生活最能触发创作欲望。正所谓"遵四时以叹逝，瞻万物而思纷；悲落叶于劲秋，喜柔条于芳春""岁有其物，物有其容；情以物迁，辞以情发"。而生活的积累也应了"不积跬步无以至千里，不积小流无以成江海"的道理。一个只知离群索居与世隔绝的人是难以激起强烈的创作欲望，也不会迸发创作灵感的。

12. 文学创作需要读书学习和知识储备。先读些开启心智的必诵短文：《三字经》《百家姓》《千字文》《弟子规》，还有《笠翁对韵》《声律启蒙》，既可增长历史文化知识，培养人文情怀；更可在诵读声中体会对韵之美、声律之妙。再细品《诗》《书》《礼》《乐》等学说，悟人生哲理，长处世才干。再漫游于绵延数千年的诗词曲赋及鸿篇小说中，感受生命悲欢，品味百态人生。再深研陆机的《文赋》、刘勰的《文心雕龙》等经典理论，方知千里之行还未起步、奇岭险壑将要探寻……

13. 文学创作是需要作家表现个性展示才情的。"其得于阳与刚之美者，则其文如霆，如电，如长风之出谷，如崇山峻崖，如决大川，如奔骐骥……其得于阴与柔之美者，则其文如升初日，如清风，如云，如霞，如烟，如幽林曲涧……"，这是从创作者性情上分析的。从创作风格上讲，现实主义与浪漫主义必是迥然不同的。受中国古典文学影响深厚的人，必在布局谋篇遣词用句方面潜心用力；受欧洲自然主义文风熏陶的人，必在描摹客观事实刻画人物心理方面恣意挥洒……创作者的个性养成应顺其自然，创作者的才情展示应随心而动……

14. 文学创作最本质最珍贵的品性是真实。真实来源于生活，需要的是生活积累。一个不了解农村牧区生活的人，只想在作品中描绘一下农田的丰饶、牧场的辽阔是肤浅可笑的；一个不熟悉少数民族的生活习俗以及心理体验的人，只在作品中以猎奇眼光、取巧心态编几段故事情节，博取读者议论争执，这更是十分可悲的……如今所谓的作家队伍中，这样的戚戚者还少吗？

15. 追梦的生活是充实的。追梦的人心是清澈的。站在草原上，要用我们祖辈传下来的礼仪，向远方的客人敬献哈达；围坐毡包里，要用我们真诚相待的心意，为来访的朋友捧起奶酒。不要再哼唱脱离生活的"双手举过头"的祝酒歌了！不要再传递貌似大气的"没有蒙古马的草原，是没有灵魂的草原"的悖理宣传词了……还草原真实，还草原坦诚，还草原淳朴，还草原大爱吧……

题注： 这是笔者20年前写下的一篇短文。当时作了这样的记录："应《作文导报》石羽先生之约，要我为多是中小学生的文学爱好者们谈点创作体会。虽然我多年固执地怀抱文学痴梦，但还未结出过丰硕的果实，故而实在无'体会'可谈，尤其是要正襟危坐地面对那些可爱的孩子。但盛情难却，这里只好拉拉扯扯地说点'遐想'的醉话了。不管说的对错，我的心都是真诚的。因为我坚信：文学创作的过程就是生活、情感、人生目标逐步趋于统一、和谐、完美的过程。因此这里也就不怕见笑了。"今天整理出来，又加上了几段新的内容。虽然后补的内容过于现实，似乎有所指，又无所指，但还属老来得"体会"，就算是退休生活的拾趣吧。

2019年6月24日夜

坚信正义
——读史书明至理求真义偶感

1. 现实生活培育了我们辨别美丑、善恶、真伪的能力，也增强了我们追崇公正、道义、高尚的品性。而这一切都离不开正义感的引领……

2. 正义感是人类内心深处的参天大树。阳光雨露下它会枝叶繁茂，暗夜阴冷中也会枯萎凋零。因此坚信和主持正义，人类才能发展进步，时代才能顺势前行……

3. 我们所理解的"正义"，一是指公正的道理；二是指符合政治和道德准则的行为；三是指语言文字上恰当的含义。对于这样的定义，善良的人类已有共识。但从不同人群的角度看，"正义"是会受到文化差异和价值取向制约的，因而对同一问题同一主张，得出的结论很可能大相径庭……

4. 所以在正义面前，我们只需要对公理公德心存善念，只需要对真理道义深怀崇敬，这样便能求得大千世界的风轻云淡，便能求得万物灵长的气定神闲……

5. 应该从博大精深的中华文化中汲取营养。记住祖先对我们立身之路的指引：格物致知、诚意正心、修身齐家，治国平天下……记住祖先对我们成事之理的告诫：天道酬勤、地道酬善、人道酬诚、商道酬信、家道酬和、业道酬精……更要记住祖先对我们期望的"大道至简，悟在天成""上善若水做人，虚怀若谷处世"的叮咛……

6. 应该从浩如烟海的古籍史料中去伪存真。不再附和"量小非君子，无毒不丈夫""不孝有三，无后为大""唯女子与小人难养也"之类遭千年曲解的古人名言，不再推奉与情理相悖的行为，不再纵容影视书刊中无聊戏说和野史演义的泛滥，而是要正本清源，明辨是非，还人际交往和情感沟通时的月朗风清……

7. 我们所坚信的正义，应该是存在于人与自然天地关系之中的。正所谓："人之形体，化天数而成；人之血气，化天志而仁；人之德行，化天理而义；人之好恶，化天之暖清；人之喜怒，化天之寒暑；人之受命、化天之四时……"因而正义可影响伦理与家庭、世风与人心、民俗与社会、国家与政体的存亡兴衰……

8. 大草原渴望的正义是什么？是四季闻不够的花草芬芳，是夜晚数不清的漫天繁星，是放眼望不尽的牛马羊群，是牧歌唱不尽的思恋深情……

9. 黄土地企盼的正义是什么？是乡愁缭绕的座座村庄，是勤劳耕作的良田万顷，是邻里相亲的淳厚民风，是五谷丰登的收获美景……

10. 为政者肩扛的正义是什么？是政通人和的不懈努力，是清正廉洁的自律警醒，是心怀大爱的公仆意识，是甘于奉献的脊梁坚挺……

11. 为民者心中的正义是什么？是丰衣足食的简朴生活，是诚信友善的社会环境，是知恩图报的信念人品，是为国赴难的忠勇舍命……

12. 就这样，我们明白了正义的真正内涵，也明白了坚信和主持正义的价值所在。不惧怕正义之林的身边有多少蝼蚁摇撼，不惧怕正义之林的头顶有多少次电闪雷鸣！只要坚信，正义就会流入我们的血脉，正义就会扎根我们心灵……

13. 坚信正义永存，犹如坚信每棵小草都能翘首沐浴阳光，犹如坚信每一片树叶都能伸展吸吮甘霖，犹如坚信人类繁衍的大河长江川流不息，犹如坚信宇宙运行的岁月时光飞转不停……

　　题注：坚信正义永存是人类共同的良知。但有时候生活中发生的事件令人疑惑，甚至令人发出正义何在的质问。这一切，让人无比义愤。但值得庆幸的是，党和国家早已举起了正义利剑，正在完善各项监督机制，不断加大惩治力度，必将还人民群众以风清气朗的环境。这是我近几年来的读书、观察偶感，是 2021 年以来记下的文字，更是要在短文《坚信正义》里表达的心情。

2022 年 3 月 10 日

坚守誓言

——读杂书说逸事聊趣闻拾零

1. 当我们学会认知宇宙，认知天与地的无穷奥秘，又学会认知社会，认知人的玄机，心头禁不住颤抖，便丢掉了"坐地日行八万里，巡天遥看一千河"的潇洒，也失去了对亚当夏娃、伏羲女娲神话传说的品评兴趣。也许，这正是人类勇于探寻自身起源、生存、发展足迹该有的冲动吧……

2. 于是我们要了解日月星辰的交替，要了解沧海桑田的变迁，要了解分布在七大洲上70多亿人的衣食住行，要了解生活在200多个不同国家和地区聚落人口的喜怒哀乐，要了解操持着6700多种不同语言、分属2000多个不同民族人们的文化习俗，要了解受困于语言濒危群众的悲切呼声……

3. 从此我们就有了责任，有了担当，有了胆气，有了誓言！目光从远处收到近处，思绪从远古拉回眼前。不再纠结人类文明起源于何时何地，不再争吵四大文明古国之古巴比伦、古埃及、古印度、古代中国排序的谁先谁后，不再分辨人类语言是七大语系还是十几种语系，不再论证哪一个半边地球的居民理该优劣富贫……而是关注了地球村、太空梦，谋划了人类命运共同体、"一带一路"倡议，探索着合作共赢、共享发展，追求着社会和谐、国家昌盛……

4. 考古发现了距今约 1500 万—700 万年的腊玛古猿。而后又在云南发现了距今约 170 万年的元谋人，在陕西发现了距今约 115 万—70 万年的蓝田人，发现了距今约 70 万—20 万年的北京人，发现了距今约 3 万年的山顶洞人……以黄帝为首领的部落由陕西北部经洛水东渡黄河，定居今河北涿鹿附近，从游牧转为农耕。而以炎帝为首领的部落由陕西宝鸡沿渭水向四周发展，定居今山东及两湖岸边。炎黄二帝联手打败蚩尤，形成了部落联盟的大融合时期，所辖子民皆称"炎黄子孙"。之后又有了三皇五帝传说，又有了尧把帝位禅让于舜，舜选治水有功的大禹为继承人的佳话，又有了大禹铸九鼎平定九州、由启子继父业建立夏朝的故事……无论是神话传说，还是史实故事，都在昭示：人类只有靠自己的聪明智慧和创造力，才能与自然为伴，开启未来，追求永恒……

5. 从夏朝延续（公元前 2070—前 1600 年）的 470 年间，商朝兴衰（公元前 1600—前 1046 年）的 554 年间，周朝更替（公元前1046—前256年）的790年间，春秋战国时期纷乱（公元前770—前221年）至秦朝统一（公元前221—前206年）的15年间，历史车轮前行的声响告诉了我们什么？历朝历代的帝王从勤政爱民到荒淫昏庸的治国经历又启示了我们什么？……

6. 再从汉朝一统（公元前206—公元220年）的426年间，三国鼎立（公元220—280年）的60年间，两晋渐弱（公元265—420年）的155年间，南北朝分立（公元420—589年）的169年间，隋朝建立统一（公元581—618年）的37年间，大唐兴盛（公元618—907年）的289年间，五代十国动荡（公元907—960年）的53年间，北南两宋飘摇（公元960—1279年）的319年间，到自立一方的辽（公元907—1125年）的218年、西夏（公元1038—1227年）的189年、金（公元1115—1234年）的119年，到元朝实现大统一（公元1206—1368年）的162年间，明朝的（公元1368—1644年）的276年间，大清由盛及衰（公元1616—1911年）的295年间，中华民国结束封建帝制又陷于混战（公元1912—1949年）的37年间，时代进步的文明钟声昭告了我们什么？改朝换代进程中统一、分裂，进步、倒退，前进、停滞，繁荣、荒废的一幕幕前车之鉴又警示了我们什么？……

7. 人类的起源与发展经历了氏族、胞族、部落和部落联盟等一系列组织系统。正如黄帝与炎帝部落的合并，进而结成联盟，逐渐形成为华夏族，之后更由于生产力的发展，冲破了氏族和地域的界限，在历史上逐步形成了具有共同语言、共同地域、共同经济生活以及表现于共同文化之上的共同体——中华民族。海内外华人也以"中华儿女"自称。中华民族包括形成于秦汉时期以先秦华夏为核心的汉族（《诗经》云：惟天有汉），包括史书上多有记载的匈奴、乌恒、鲜卑、突厥、回鹘、乌古斯、布鲁特、靺鞨、蒙古、吐蕃、羌、乌孙、百越、百濮等，它们在历史的烟尘雪雾中，或融入了汉族，或成为中华民族大家庭中的 55 个少数民族兄弟姐妹、生活在周边地区的手足亲朋……

8. 中华民族血脉永续，中华文化源远流长。中华文明之所以能够绵延不绝，从未消失，具有无与伦比的包容性和吸纳力，就是因为生活在这片古老土地上的各民族交融汇聚成了多元一体格局，就是因为各民族文化上的兼收并蓄、经济上的相互依存、情感上的相互亲近。也是因为历朝历代都以统一天下为己任，都以中华文化为核心，都强调天下一统，五方之民共天下，四海之内皆兄弟；也强调因俗而治，"修其教不易其俗，齐其政不易其宜"……所以 5000 多年以来无论哪一次日夜交替，哪一回季节轮换，总会有祖先留下来的令我们感慨万分的风云舒卷，气血飞腾……

9. 翻阅过许多中外书籍，无论是神话传说、人鬼故事，还是人间传奇、历史掌故；无论是哲学论著、文学巨篇，还是科幻演义、人物传记，都在做着正统说教抑或独家学说，发生了明辨是非抑或混淆视听的趣事。想想吧，当我们诧异于老子、庄子、孔子、孟子学说的深奥，惊叹屈原《天问》、柳宗元《天对》诗篇诡秘的时候，西方世界也有了泰勒斯等人的"谈天说地"、毕达哥拉斯学派的"数学天国"……后来，人类开始共享勾股定理、圆周率、重力与浮力、杠杆原理、光学知识、地动仪、日心说、万有引力、守恒定律、元素周期律、遗传学、生命科学等发明发现带来的花香果丰……

10. 人类的发明创造都是通过语言文字交流传播的。世界上民族不分大小，多数有自己的语言，有文字且保留至今还在使用的却为数不多了，它们还在不断消亡。由此未来可能出现的后果是值得我们担忧的……庆幸的是，人类正在自觉组成命运共同体，共同分享一切文明成果。如起源于希腊的拉丁字母，已成为大部分英语世界和欧洲人聚居区语言的标准字母，是世界上最广泛使用的字母文字体系；如起源于印度的阿拉伯数字，已成为全人类数学计算通用的字码，显示出无穷的变幻魅力；再如中国的汉字，最能反映人类文字起源发展规律，由结绳记事到刻画及图画说事，再到逐步通畅的表情达意，形成十分科学的象形、指事、会意，形声、转注、假借的造字方法，反映了我们祖先的精明睿智，是世界上使用人数最多的表意文字，而且应用领域越来越广，与人们生活、工作的关系越来越紧密……

11. 传说汉字是由黄帝的史官仓颉创造的。那时候正是历史上重要的民族大融合时期。为了方便交流治理四方，仓颉受命搜集大量文字加以规范，自然而然有了之后的甲骨文、金文、大小篆书、隶书、楷书、草书、行书等逐渐演进的书写方式，也反映了当时中华大地上的各部落联盟民众的生产生活愿望，刻下了农耕、游牧、狩猎、渔业人的思想印迹，所以汉字不是只属于汉族的交际及文化传承工具，而是有更广泛的"汉字文化圈"，属于中国字，是今天中华56个民族共享的通用文字，是中华儿女共同修筑的一道古老瑰丽的文化长城……

12. 我们的祖先不仅创造了出神入化的方块文字，还留下了推进世界文明进程的"四大发明"。那发明于战国时期的指南针，兴盛于汉朝的造纸术，燃放于唐朝的火药，应用于北宋的活字印刷术，虽然传播到世界各地并广泛应用的时间不尽相同，但其所显示的功能技巧和智慧光芒已足令天下人折服……我们还有万里长城、布达拉宫、京杭大运河、兵马俑，还有茶叶、织锦、五谷、六畜，还有四书五经、诸子百家，还有郑和七下西洋、商旅古道……这一切，充分证明我们的先辈已是顶天立地，功成名就！而今天的我们，应该以怎样的胆识气魄去发奋图强、纵马驰骋？

13. 历史是由人民创造的。从古至今传承的丰功伟业，永远不会属于那些所谓指点江山、无所不知、指鹿为马、数典忘祖的人。从党成立的那天起，"人民至上"的理念就深入了中国共产党的骨髓，"全心全意为人民服务"的宗旨就融入了中国共产党人的血液。回想100多年来走过的每一段艰难历程，哪一次的"风高浪急"不是由人民的汪洋大海托稳？哪一次的"地动山摇"不是由人民的擎天双臂扶正？正是人民选择了中国共产党领导，选择了中国特色社会主义道路，选择了改革开放的锦绣前程，选择了永不放弃的百年梦想，才有了百折不挠、勇往直前的进取精神，才有了从站起来、富起来到强起来的奋斗成果，才有了铸牢中华民族共同体意识的时代要求，才有了构建人类命运共同体的海誓山盟……

14. 我们在当前复杂严峻的世界变局中，应当保持平常心态，杜绝短视行为，校准方向，稳健步伐，不畏险阻，坚定信心。这正是历史的经验告诫我们的。想想我们曾经走过的曲折道路吧：在与世界各国的交往中，我们坚持独立自主的外交方针，赢得了国际声誉，团结了其他国家，挫败了敌对势力的攻击。在治理国内事务中，我们高举改革开放的大旗，掀起了从农村到城镇，从经济领域到上层建筑，从文化教育到各条战线的一系列巨大变革，也搅动了污泥浊水的侵扰，遇到过沉渣泛起、人心不古的危机；我们坚持初心使命，坚定理想信念，遵循老一辈革命家谋划的治国方略、大政方针，完成了一个个既定的奋斗目标和任务，迈向实现中华民族伟大复兴的新征程……

15. 历史是一面镜子，也是一把尺子，可以正衣冠，可以量得失。我们应当正确看待每一个历史时期发生的事件、取得的成绩、积累的经验、总结的教训，而不是脱离实际的品头论足，妄下定义。试想一下，没有当时"摸着石头过河的人"的探路，能有今天的欣欣向荣的景象吗？没有当年"先富起来的一部分人"的涉险，能有今天的共同富裕的向往吗？要坚信，在保障国家核心利益和稳定国际地位方面，我们追求科技领先，增强国防力量，提高经济实力，奉行外交独立，这是中华民族挺直脊梁的坚实基础！要坚信，在维护广大人民群众基本权益方面，我们不断推进综合改革，不断完善政策措施，不断提高治理能力，不断促进社会公平，这是中华儿女梦想成真的基本保证……

16. 我们在解决就业这个民生问题方面，从中央到地方花了多少心血、下了多大功夫啊！在大力发展互联网、发展电商、发展线上交易等"高科技"行业的时候，更应保护好实体经济、保护好小商小户、保护好传统行业、保护好具有民族特色的民间手工作坊……尤其要多开辟一些劳动密集型产业，增加就业岗位，吸纳就业人员。这样做，或许更加稳妥，更加符合人之常情……

17. 我们在社会主义精神文明建设方面，要更加重视立德树人方向，更加重视社会主义核心价值观内容，更加重视潜移默化、寓教于乐的方式，更加重视"积小流成江海，积跬步至千里"的效果……

18. 我们在教育领域的改革方面，要树立正确的人才观，要建立科学合理的评价体系，要实行常态化系统化的考试招生制度，要形成"学前教育"的行为养成，"基础教育"的快乐学习，"高等教育"的勤奋研修，"职业教育"的技能提升氛围……基于这些，要更加重视师德、师风建设，更加重视教材的国家事权功能，更加重视学生的德智体美劳全面发展，更加重视社会主义合格建设者和可靠接班人的培养……因此，要更新理念，丢弃功利，立足国情，尊重民意，把党和国家的大政方针以及最新的"双减"政策，实实在在贯彻落实下去，久久为功，水到渠成……

19. 我们在社会风气净化和思想文化引领方面，还应当倡导"五讲四美三热爱"，坚持社会主义荣辱观，弘扬革命英雄主义和集体主义精神，继承中华民族优秀文化传统……还是要讲讲"孔融让梨""磨杵成针""三顾茅庐""折箭教子"的故事，吟诵《三字经》《百家姓》《千字文》《立翁对韵》，欣赏《诗经》、《楚辞》和唐诗、宋词、元曲、明清小说的精粹，铭记甲午风云与辛亥革命、抗日救亡与抗美援朝一幕幕悲壮的场景，永葆优秀文化和先烈遗志的世代传承……

20. 我们在化解社会各阶层各领域存在的错综复杂的矛盾和困难问题时，必须坚持和加强党的全面领导，加快完成国家治理体系和治理能力现代化。要问计于民，听证于民；要实事求是，量力而行；要因地制宜，按需施策；要统筹规划，稳步推进……现阶段解决就医难，解决养老难，解决住房难，解决更多人关心的食品安全、物价上涨、假冒伪劣、瞒骗欺诈、奢靡成风、邻里不亲、人际疏远等，相信各级政府和有关部门已经有了应对之策，必然还百姓以风清月朗、地阔天澄……

21. 我们生活在当今时代，需要了解过去的辉煌曲折，也需要了解未来的光明复杂；需要品尝今日的酸甜苦辣，也需要体验往后的秋冬春夏。应当知道"喜怒忧思悲恐惊"谓之七情，"眼耳鼻舌身意"谓之六欲，皆属人性；"柴米油盐酱醋茶"是人之所需，"琴棋书画诗酒花"是人之所好；"忠孝节悌慈"为礼仪，"仁义礼智信"为常道；以

"温良恭俭让"处世则民风淳朴，以"忠孝廉耻勇"做人则时运亨通……因此，我们要以谦恭的心态学史鉴今，要以无畏的胆识明理辨真，要乐于奉献造福民众，要甘于辛劳丰富人生……

22. 我们需要享受"与人玫瑰，手有余香"的互助快乐，需要体会"素色如锦，岁月静好"的恬淡气氛，需要走进"时光若水，无言即大美"的田野草地，需要追寻"日子如莲，平凡即至雅"的云海谷峰……

23. 我们还需要"大爱无疆"的豪迈，还需要"上善若水"的亲近。记住铸牢中华民族共同体意识的时代使命；记住构筑中华民族共有精神家园的历史责任；记住"各民族要相互了解，相互尊重、相互包容、相互欣赏、相互学习、相互帮助，像石榴籽那样紧紧抱在一起"的叮嘱；记住"我们辽阔的疆域是各民族共同开拓的，我们悠久的历史是各民族共同书写的，我们灿烂的文化是各民族共同创造的，我们伟大的精神是各民族共同培育的"的宣告！这样的声音，情意悠悠，誓言铮铮……

24. 我们要坚守誓言！坚守"各民族大团结万岁"的共同心声，坚守"平等团结互助和谐"的亲密关系，坚守"汉族离不开少数民族，少数民族离不开汉族，各少数民族之间也相互离不开"的兄弟情义，坚守"共同团结奋斗，共同繁荣发展"的不懈追求，坚守"一体与多元辩证统一"的科学认知，坚守"共同性与差异性有机结合"的正确原则……这样，我们才能做到休戚与共、荣辱与共、生死与共、命运与共，实现同心筑梦……

25. 誓言无声，誓言永恒！我们坚守誓言，就是要坚守国家对江山、江山对人民、祖先对儿孙，今天对未来的一切庄重承诺！就是要在今后的征途上，自信自强，守正创新，一往无前，骏马追风……

题注：读书看电视，访友聊趣事，购物玩手机，等等，大概已成为我们退休人的生活常态，也是我们加强个人存在感，减少失落感的重要方式。譬如看电视新闻，翻阅手机微信，可以了解国际国内重要的政治、经济、军事、外交形势变局，可以了解中央及地方政府关心关注的方方面面，可以为出台"双减"政策、还教育圣地清明而欢呼，可以为还文化领域正气而拍手叫好；访友聊趣事，小酌谈闲篇，可以重温往事，可以再显威严，可以为败迹痛心疾首，可以为如何治理乱象、怎样归聚民心开处良方；出入菜场超市，荣归布衣行列，可以知道物价上涨了多少，可以知道"黑心肉""药水菜""折扣价"的猫腻，可以为中央维护金融物价秩序，保障民生安全的三令五申加油助威，可以为某些庸政懒政、"歪嘴和尚乱念经"的行为义愤填膺；潜心读醒世书文，平静想兴衰往事，可以通古知今，可以明理辨真，可以为坚守党和国家的初心使命，创造百姓的幸福生活冲锋陷阵，可以为实现中华民族伟大复兴的梦想，永葆中华文化源远流长的伟业血染疆场……正是这些平常的生活形态和简单的情感弥补方式，使我们知道了更多的"抗疫"艰难、更多的"脱贫"故事，我们渴求乡村振兴计划认真实施，让田园风光更美，让美丽乡愁更浓；我们渴求草原生态保护更加切合实际，拆除"网围栏"，减少"度假点"，让牧歌琴声飘得更远，让牧草鲜花飞向天边……同时，我们难免会生出隔世之痛，平添乏力之困，但这更促使我们突增匹夫之勇，甘吐逆耳忠言……基于以上种种原因，我写下了《坚守誓言》这篇短文，又加注"读杂书说逸事聊趣闻拾零"副题，算作是我们与同行者的又一次心旅征程的记录吧……

2021 年 9 月 22 日

游 历 篇

　　——人在旅途，既要走万里路，也要读千卷书，识百般事，解尘世情……

敬拜锡林郭勒

在无数次的魂牵梦绕里，这片20多万平方公里的土地上早已筑起了一座神坛。用纵横东西700多公里、南北500多公里的双臂托起祥云，用蜿蜒2900多公里的20多条河流挽成祝愿，引来1200多种野生植物左右摇曳，引来260多种飞禽走兽上下嬉欢，再征集500多处湖泊水泉的歌声渲染气氛，再汇聚1300多万头牛马驼羊的嘶鸣壮阔场面……从此啊，这永远的敬拜开始了……

首先是眺望远古云烟。这里早在1万多年前就有了人类的生存痕迹，那七星湖畔出土的新石器时代磨制针就是佐证器件。之后的岁月变化与朝代更替中，战国时的燕修长城，秦汉时的匈奴建国，隋唐时的契丹归附，宋辽时的耶律争雄……都在这里留下过你进我退的无奈，留下过此兴彼衰的遗憾……之后的牧歌缭绕与南来北往中，铁木真的振兴蒙古，忽必烈的建元"中统"，红巾军的焚宫毁城，元顺帝的"北元"分立……都在这里留下过天高地阔的喜悦，留下过物是人非的嗟叹……

随后是凝视世事变迁。这里曾是察哈尔部护卫元太祖
15世孙巴图孟克皇宫群帐的驻牧营地；这里又是浩齐特、
苏尼特、乌珠穆沁3部遵从元太祖16世孙图鲁博罗特严
令其孙分牧而处的生息家园；这里也是阿巴嘎、阿巴哈纳
尔2部承袭元太祖同父异母弟别里古台封赏18代后裔所领
的心仪牧场；这里更是5部10旗会盟锡林郭勒河畔、8旗
4牧群归置察哈尔腹地交错形成的草原……这里有"金界
壕""玄石坡"战场尘封的无言故事；这里有侍郎城、元上
都遗址诉说的淡淡幽怨；这里有恐龙化石、匈奴古墓群落飘
出的几多期许；这里有乌珠穆沁肥尾羊、扎格斯台草原牛、
苏尼特双峰驼、阿巴嘎黑马的独特物种……

再后是评说沧海桑田。辛亥革命后，这里发出过反对外
蒙古独立、反对《俄蒙协约》的正义《通电》，经受过沙蒙
叛军的无端进犯；军阀混战时，这里惨遭垦荒掠地的伤痛，
强忍过匪患四起的昏暗；抗击日寇的日子里，这里挺起了民
族脊梁，不屈日特威逼利诱，不耻"蒙奸"分裂妄想，只听
进了"山西会馆"万人大会的抗日呐喊，坚信了共产党民族
统一战线的救国宣言；解放战争的岁月中，这里彰显了民族
大义，组织地方武装，建立民主政权，迎送过探求民族区域
自治之路和筹建内蒙古自治政府的各阶层代表，助阵过3个

内蒙古骑兵师健儿的南征北战；在祖国建设的征途上，这里的近百万儿女纵马扬鞭，每一次收获，每一份贡献，都充斥着甘于付出的豪爽，都浸透了乐于奉献的彪悍；在改革开放号角的召唤下，这里的父老乡亲骏马追风，每一首民族团结的颂歌都饱含了血肉相连的情谊，每一段边疆安宁的乐曲都跳跃着大爱无疆的气胆……

最后是追思过往，祈福明天。忘不了1957年6月在苏尼特草原诞生的第一支草原文艺轻骑兵——乌兰牧骑的身影；忘不了1958年9月锡察盟合并后呈现的今日锡林郭勒草原的无边；忘不了1958年9月接收上海307名孤儿以及1960年7—10月又从上海、常州、包头接收581名孤儿后牧民们争先领养的场景；忘不了1967年10—11月分三批插队落户到来的共746名北京知识青年们的稚脸；忘不了1969年5月组建北京军区内蒙古生产建设兵团第4、5、6师12个团誓师大会的盛况；忘不了1972年5月5日为扑灭西乌旗宝日嘎斯台特大草原火灾而牺牲的兵团5师43团4连69名烈士的鲜活容颜……忘不了1977年10月那场狂舞150多天的特大雪灾、2000年春天那段飞扬27次之多的沙尘天气，它们发出了警示：重视科学养畜，坚持生态优先；忘不了1982年起全盟掀起了社会集资办学热潮、2011年起全盟率先实现了15年助学免费教育政策，由此引起了思考：重视教育是民心所向，发展教育是卓识远见；忘不了

2002 年起实施的"围封转移"战略，几十万人投身沙漠治理，几万户牧民禁牧休牧，心里依然唱着歌王哈扎布的长调，手中依然捧起诗人纳·赛音朝克图的诗卷；更忘不了2017 年起践行的"绿水青山就是金山银山"理念，草原上堆起的"哈那乌拉"、摇着头的"铁蚊子"渐渐减少了，草原上的"自然路"、生硬的"网围栏"慢慢消失了，由此盼望，眼前早日出现望不尽的山清水秀，心头早日生出装不下的地绿天蓝……

敬拜锡林郭勒！再一次擎起九曲锡林河水化成的哈达，再一次举起宝格达圣山铸成的银碗，穿上由享有世界四大草原美誉的 17.6 万平方公里草场编织的"卓德格"跤服，戴上由守护祖国北疆安宁稳定的 1103 公里边境线缠绕的"将嘎"彩环，唱起古老的《锡林河》和新世纪的《锡林郭勒之歌》，舞出雄鹰的机智和猛狮的勇敢……就这样，我们的心驰神往已经飞过了万水千山……

题注：每个人的心底都会有一份质朴又淳厚、真切又深沉的情感，那就是思念家乡故土，牵挂亲人朋友。这样的情感可以净化灵魂，更可以增强责任。我离开家乡锡林郭勒草原已经 30 多年了，虽然这期间我和爱人与家乡的亲人们有过无数次的亲密接触，但每当静下来退思，入梦后幻想，总要牵出无尽的往事，勾起连绵的记忆。想起了家乡

人面对自然灾害侵袭时的坚强，面对个别当权者胡乱作为时的愤怒；想起了家乡草原与时俱进的追求、日新月异的变化；也想到了家乡草原可歌可泣的历史、不屈不挠的精神；更想起了家乡的同事们为了教育工作的辛勤付出，为了文化传承的不懈努力……正因为如此，我们的印象中，家乡草原还是壮阔、坦荡、厚重、包容的！我们的心里，家乡人民还是诚信、淳朴、善良、刚强的！这也正是我们写下这篇《敬拜锡林郭勒》的缘由，也是痴心游子眷恋热土家园真情实感的流露……

2019 年 8 月 10 日

走进呼伦贝尔

记忆中的那一次旅行，不是在草长莺飞的季节，也不是在冰封雪舞的时候，只记得，那是在我的第一次心跳如翻云、血流如疾风的日子……

站在海拉尔河畔的草滩上，远眺 3 万年前在这里蹒跚举步的先人背影；站在呼伦湖岸边的岩石上，追寻 1 万年前在这里艰辛狩猎的"扎赉诺尔人"的足迹。想起公元前几百年的四季轮回，东胡人田园牧歌，匈奴人血色刀弓；想起公元 1 世纪起的春秋交替，鲜卑拓跋部南迁大泽结成联盟，入主中原，后建立北魏王朝；想起公元 5 世纪时的风起云涌，突厥、回纥、黠戛斯等部落留守大漠，演绎一幕幕争雄史剧；想起公元 10 世纪起的斗转星移，契丹人修渠经营辽土，女真族筑壕守护金境；想起公元 6 世纪起蒙兀室韦的悄然兴盛；更想起公元 12 世纪起铁木真挥纛下的北方高原的一统……

迎着额尔古纳河水面的劲风，怀古的幽思翻卷脑际；听着大兴安岭松涛的低吟，抚今的愁绪浸透胸襟。那额尔古涅昆山谷升起的"化铁熔山"的豪迈，那答兰巴勒主惕与哲列谷飘荡的"十三翼之战"的悲壮，那大元盛世四通八达的驿站古道，那北元时期烽火连天的西伐东征……之后，是那清王朝编练的布特哈、索伦、巴尔虎 3 个八旗兵民的守疆戍边；是那民国时期繁衍的 18 旗 4 县分设的治理乱局；是那东北沦陷日子里动荡出的兴安东省 5 旗与兴安北省 9 旗的民生潦倒；是那解放战争烽火中发展起的呼伦贝尔盟自治政府所辖 6 旗 3 市 1 街与纳文慕仁盟人民政府所辖 4 旗各族百姓的生活安定；是那为寻求共产主义真理在满洲里沿线开辟的"红色通道"；是那为跨入社会主义道路在牧业区推行的"三不两利"；是那响应国家号召"天保工程"收起的一堆堆刀钩锯斧；又是那投身改革开放"试验区建设"呈现的一幅幅边塞风景……

今天，踏上了这片 25.3 万平方公里的土地，踏上了这里绵延 1685.82 公里的边境线，多想横跨东西相隔 630 公里的山岭、高原和河谷低地，飞越南北相距 700 公里的农田、草原和湿地丘陵；多想涉过这里的 3000 多条大小河流，游遍这里的 500 多个深浅湖泊；多想在这里的 8.3 万平方公里的天然草原上放马，拥抱这里的 12.6 万平方公里的多彩森林；多想熟识这里的 1400 多种野生植物，结交这里的 500

多种走兽飞禽……

今天，面对着这里 250 多万求真追梦的父老乡亲，面对着这里几经区划变更却难改本色的民俗风情，只想聆听"历史摇篮""幽静后院"的故事，欣赏"绿色净土""北国碧玉"的风韵；只想体会巴尔虎、厄鲁特、布里亚特蒙古长调的神奇，感受鄂伦春"依哈嫩"、鄂温克"阿罕拜"、达斡尔"鲁日格勒"舞蹈的率真；更想看到驯鹿、罕达犴的姿态，"撮罗子""斜仁柱"的身形，听见"卡鲁鸟"的欢叫、"桦皮哨"的齐鸣；更想分享马头琴、木库莲和"赞达仁"述说交响出的天高地阔的悠远，品味《嬉水姑娘》《彩虹》与五彩合唱团酿造出的水乳交融的甘醇……

走进呼伦贝尔，就如走进了那向往已久的心静神宁……

题注：翻阅过厚重的三卷《呼伦贝尔盟志》后，我的心情久久不能平静。想起了父亲的祖籍莫力达瓦，想起了岳父岳母的长眠地牙克石，想起了《牧歌》产生的地方巴尔虎草原，想起了驯鹿悠然走动的地方敖鲁古雅小镇，想起了嘎仙洞，想起了莫日根勒河……也想起了从 2003 年以来 20 多次深入走访过的一所所中小学和幼儿园，更想起了在这里结识过的一个个校（园）长、一线教师、学生家长和当地领导……他们的敬业精神、执着追求，他们的一言一行、心底的期盼感染着我，震撼着我，也启发、激励了我。因此掩卷思索之后，写下这篇《走进呼伦贝尔》，一方面抒发自己10多年来的真情实感，一方面表达我发自内心的真诚祝福。至于当时所看到的问题，毕竟是旧事，只能算作是一片忧伤，并将其藏于一隅了。但我坚信，一切都会向美好的方向发展。

2019 年 8 月 26 日

祝福兴安

　　这是大兴安岭山脉向松嫩平原过渡时镶嵌的那块璀璨宝石吗？这是苍莽林海向恬静田野走近时铺开的那条斑斓锦缎吗？这是牵着我的梦幻飘过了千山万水的绿色净土吗？这是引着我的爱恋品尝了悲欢离合的金色兴安吗？是啊，答案渐渐清晰了，我的思绪禁不住要纵马驰骋了……

　　这里留下过岁月演进的蹒跚足迹。那春秋战国时匈奴人的山林游牧，那两汉魏晋时鲜卑人的河谷流连；那南北朝时室韦人的痴心守候，那隋唐宋时室韦、契丹、女真人的无尽周旋；那蒙元时黄金家族斡赤斤的世袭封地，那明清时科尔沁蒙古4部10旗的辽阔家园……

　　这里刻下过时光变化的斑驳记忆。那1914年府县制代替盟旗制的滥垦乱伐，那1927年改特别区为行省的民生难安；那1932年伪兴安省及其分省设立的社会动荡，那1943年兴安总省日满横行的日月昏暗；那1946年1月东蒙自治运动激发的大众觉醒，那 1947 年 5 月内蒙古自治政府成立时的地覆天翻……

这里经历过家国存亡的烽火考验。那 1945 年"兴安陆军军官学校"400 多名军官学生的毅然起义，那 1946 年东蒙自治军和内蒙古骑兵一师的组建；那 1947 年内蒙古人民解放军的整编出征，那辽沈战场上各族健儿的披肝沥胆；那支援全国解放的兵员输送和后勤保障，那巩固新生政权的日夜巡逻和剿匪肃山……

这里体验过区划变更的心智磨炼。那 1948 年 10 月成立兴安盟人民政府的励精图治，那 1953 年 4 月设立内蒙古东部区行政公署的撤建缩编；那 1954 年 4 月并入呼伦贝尔盟的服从大局，那 1980 年 7 月恢复兴安盟建制的使命再担；那迎接扎赉特旗、科右前旗、科右中旗、突泉县归建的兴高采烈，那庆贺乌兰浩特、阿尔山升格设市的心满意足……

这里的方圆近 6 万平方公里多彩地貌和 126 公里的边境线上，布满了青山、秀水、林海、草原、湿地、冰雪的身影；这里的南北长 380 多公里、东西宽 320 多公里的山川中，齐聚了 900 多种野生植物、140 多种珍禽异兽、200 多条大小河流、100 多处湖泊水泉的容颜；这里的 3900 多万亩天然草原，放牧了 700 多万头（只）膘肥体壮的牛羊；这里的 1200 多万亩肥沃农田，盛产了 570 多万吨的香甜稻米；这里的 2400 多万亩苍翠森林，繁育了婀娜多姿的兴安落叶松、蒙古黄榆、五角枫、黄波罗、红沙柳；这里的 1000 多万亩各类自然保护区，滋养了飞鸣跳蹿的白天鹅、丹顶鹤、大鸨、梅花鹿、盘羊……

这里的 160 多万各族父老乡亲的笑脸上，洋溢了民族团结、社会和谐的生活美景；这里的两市、三旗、一县的热土上，展开了七大产业、500 多个特色重点项目的招商画卷；这里的叠加政策优势，助力了全域旅游、乡村振兴、绿色发展的蓬勃气势；这里的丰厚资源禀赋，成就了世界公认的"玉米黄金种植带""寒地水稻黄金种植带""最佳养牛带"的特殊荣冠；这里的独特人文环境，凝练了红色文化、游牧文化、农耕文化、民俗文化的交相辉映；这里的生态保护意识，营造了世界地质公园、国家森林公园、国家湿地公园的神奇景观……

是啊，这就是我心中的璀璨宝石，心中的斑斓锦缎！这就是我眼前的绿色净土，眼前的金色兴安！此刻，我收拢了飞驰的思绪，站在了"五一会址""民族解放纪念馆"的晨光里，多想用蒙格罕山的坚石铸成银杯，多想用杜鹃湖的溪水酿制烈酒，多想用淖尔河的激流编织哈达，多想用杭盖草原的微风串起牧歌，再一次献上我的崇高敬意，再一次送上我的真诚祝愿……

　　题注：第一次走进兴安盟是在 2004 年的秋天。那时候，这里的经济社会发展和群众的生活水平还处在全区的落后状态。但这里的多彩文化底蕴，这里的教育工作成就，这里的卓越事迹、人才辈出还是令人称颂的。像乌兰浩特市的"五一会址"和"民族解放纪念馆"，记录了共产党领导下的第一个省级少数民族自治政府的诞生历程；涌现了像著名科学家旭日干、宝音、刘正东，像著名作曲家美丽其格，著名诗人特·赛音巴雅尔，著名作家巴·那顺乌日图，著名学者刘成等人才。这里的一切感动吸引着我，也促使我在退休前曾 20 多次踏上过这里的土地，深入过这里的大部分中小学校和幼儿园，了解这里的发展变化，感受这里的人情淳朴。正是因为这样，一次偶然机会，我看到了兴安盟 2021 年度招商引资大会视频，听到了现任盟长苏和先生《与山盟与海盟与兴安盟》的热情洋溢的致辞，更加勾起了新的挂念，激起了对这片"五净"圣地的由衷敬佩。在此谨以《祝福兴安》，表达我和家人的小小心意！

2021 年 10 月 12 日

漫步哲里木

忘不了你悠久的身世背景。那是从后金天命九年（1624年）起，元太祖成吉思汗胞弟哈萨尔的科尔沁部落散枝蔓叶，分支如林。传至18世孙奥巴时内忧外困，于是科尔沁部落选择与兴盛的女真族修好，从此就有了嫩江流域和白山黑水的邻里交往，就有了与郭尔罗斯、扎赉特、杜尔伯特分支部落的相依为命，就有了与后金努尔哈赤联手抵御蒙古卫拉特和察哈尔林丹汗的盟约，就有了哲里木首统盟的称谓和盟旗分治的逐步施行……

忘不了你走过的步履艰辛。那是从清崇德元年（1636年）起，科尔沁部落盟主与漠南蒙古16部49台吉推举皇太极为蒙汉满共主，手握大清皇帝权柄，奥巴及其兄弟子孙因功承袭了土谢图亲王、达尔罕亲王一系列官爵封赏，接受了"政治联姻，军事依靠"的倚重，从此就有了4部10旗驻牧37万多平方公里辽阔草场的至尊地位，就有了随驾远征开疆拓土的伟绩丰功，就有了功高盖主必遭防范的忐忑命运，

就有了府厅州县在7万多平方公里禁地上蚕食后留下散落的
短箭长弓……

　　记得你曾经统领的4部10旗的笑貌音容。右翼的科尔
沁中旗、前旗、后旗和扎赉特旗、杜尔伯特旗的札萨克和部
众围绕在土谢图亲王奥巴的身边。这里的哲里木会盟山水草
丰美，这里的乌兰毛都大草原绿浪翻涌；这里的察尔森水库
碧波荡漾，这里的绰尔河涓流迴转西东；这里的当奈湿地生
金化银，这里的五角枫、丹顶鹤、神泉瀑布闻名遐迩……左
翼的科尔沁中旗、前旗、后旗和郭尔罗斯前旗、后旗的札萨
克和部众听命于奥巴从子满珠习礼。这里的达尔罕亲王府雕
梁画栋，这里的大青沟仙境鬼斧神工；这里的双合尔山如鹰
展翅呈现祥瑞之气，这里的满蒙文碑见证史实显示雕刻技艺
之精；这里的查干湖尽展冬捕魅力，这里的乌力格尔、马头
琴、舞乡歌海迷醉苍穹……

　　记得你几经参与区划变更和隶属调整后蹒跚走来的真切
身影。这里不断剥离却血肉相连的农田草地，经历过清末放
荒的侵蚀，经历过民国战火的蹂躏，经历过日寇侵略的疯狂
掠夺，经历过解放战争的秣马厉兵……新归入这片区域的通
辽县已跻身全国农业生产先进县行列，开鲁县以盛产红干椒
在北方大地引人瞩目；霍林郭勒市号称"煤海之城"，库伦
旗笑纳"荞麦之乡""安代舞之乡"的殊荣；奈曼旗的"麦

饭石""鬼柳"名扬中外，扎鲁特旗诞生的罕山白绒山羊和遗存的古风古迹谁与争雄？而守候至今的科尔沁左翼中旗和后旗，正以"蓖麻之乡""黄牛之乡"的名义讲述清朝孝庄文皇后的智慧，讲述民族英雄僧格林沁抗击英法联军的神勇……

如今你穿上了撤盟设市后的盛装，欣然在这片 5.95 多万平方公里的土地上挂绿披红。伸开南北长 418 多公里、东西宽近 370 公里的双臂，举起罕山、吐尔其山的奇峰峻峭，挽住西辽河、乌力吉木仁河的水波晶莹。任由 30 多种野生灵兽肆意狂奔，任由 150 多种野生珍禽自由飞鸣；观赏 1100 多种天然草地植物轻歌曼舞，观赏 610 多处天然湖泊装点沙丘万顷；盼望西湖、莫力庙水库的风光再现，盼望蒙古黄榆、胡杨树的扎根宿营……

如今你踏上了新时代奋进的征程，感受到这里 280 多万父老乡亲的心定神宁。牢记历史演进的风云变幻，不忘时代前行的坎坷不平。记住《嘎达梅林》唱出的反抗压迫的民众心声，记住《大刀进行曲》点燃的抗日救亡的万丈豪情；追念《吕阿协定》签署后东部地区军民团结支援解放的繁忙景象，追念新中国成立一周年庆典上内蒙古骑兵二师接受检阅时展示出的如虹气势；期待改革开放结出的果实惠及千家万户，期待民族团结浇灌的参天大树万古长青……

啊，漫步哲里木，再一次领略了这里的天高土厚，再一次感受了这里的云淡风清，再一次熟识了这里的民心淳朴，再一次体察了这里的人杰地灵……

题注：每一次的通辽之行，每一次同事间的工作交谈、和朋友间的说古论今，之后总有一种意犹未尽、思虑丛生的感觉。这种感觉在最近的读书学史中变得更强烈、更真切了。这就是熟悉了解地域历史、地域文化的重要性。它远比挂在嘴边的讲几个焦点人物、摆几组骄傲数字可贵得多。而传承历史文化、弘扬优秀传统是离不开教育事业发展的。想起 2004 年 6 月因工作关系去通辽市的所见所感：那科左后旗阿古拉苏木小学的大通铺、住宿生每日 1 元钱 1 斤玉米的伙食标准，那奈曼旗八仙筒蒙古族学校的危旧教室和潮湿宿舍，那科左中旗中找不到一所公办民族幼儿园的境况……令人震惊。这之后，我又无数次地走进通辽，几乎走遍这里的民族中小学校和幼儿园。10 多年来，这里的变化可以用翻天覆地来形容。这与党和国家的民族教育政策指引分不开，与自治区党委政府的重点支持分不开，与各级党政领导的关心呵护分不开，与包括一线教师在内的广大教育工作者的辛勤工作分不开……此刻，我翻阅着厚重的《哲里木盟志》和《通辽市志》，想起这里的马文化、版画香、刺绣情，想起这里的名人辈出、景观叠翠、物产丰饶，想起这里的地名故事、马鞍情缘、蒙药传奇和教育成就，过去的

意犹未尽和思虑丛生的感觉终于可得其解了，便写下这篇
《漫步哲里木》，虽有欠妥或不及之处，也算是我牵挂这片古
老土地的一份交代吧……

2021 年 12 月 5 日

追忆昭乌达

　　自从熟识过这里一座座山峰的容貌，倾听过这里一条条河流的欢唱，流连过这里一处处沃野的丰饶，领略过这里一片片林海的苍茫，我的遐思、我的追忆就乘上骏马飞奔了……

　　这里的河谷平川掩隐过原始人类生存的足迹，留下了距今近万年的兴隆洼文化、赵宝沟文化、红山文化、富河文化、小河沿文化、夏家店下层文化和夏家店上层文化等瑰宝，增添了中华文明的璀璨荣光；这里的丘陵高原闪现过北方部族繁衍的身影，留下了距今数千年的东胡雄踞、匈奴争霸、契丹建国、金兴辽衰、蒙元盛世、明与北元对峙以及后金崛起的故事，展示了中华历史的多彩雄壮……

　　这里的临潢府、大定府京畿属地，见证过大辽与宋、西夏三足鼎立的太平景象；这里的应昌城、全宁城皇室封土，见证过蒙元与金、北宋改朝换代的风云激荡；这里的西辽河暴涨的潮水见证过明军追讨元廷的肃杀气氛；这里的昭乌达茂密的柳林，见证过后金牵手蒙古王公的无限向往……

这里是北元时期成吉思汗后裔躲避战火的生息家园，这里吸引敖汉、奈曼、扎鲁特、克什克腾、喀尔喀左旗、阿鲁科尔沁、翁牛特部众纷至沓来，这里是蒙古8部相依为命的安宁牧场……这里是后金时期爱新觉罗家族蓄势待发的盘桓后院，这里有努尔哈赤第三女嫁敖汉部首领、皇太极第五女嫁巴林辅国公、玄烨第十三女嫁翁牛特郡王等的7段和亲佳话，这里有对蒙古诸部1627年起的编旗划界、1639年3部4旗的首次会盟、1666年8部11旗会盟后的封爵加赏……

这里是古往今来令人敬慕的藏奇纳胜之所。那出自红山文化遗址的玉质圆雕"天下第一龙"，那横亘千里的燕秦汉长城和金边堡的残墙，那世界稀有的红皮云杉林的姿容，那举世难寻的巴音塔拉草原的绿浪，都在讲述着中华大地上每一寸土地的物华天宝，都在讲述着中华儿女创造的游牧文明与农耕文明的源远流长……这里是时代变迁中引人自豪的钟灵毓秀之乡。那辛亥革命后痛击外蒙古叛军的护国兵勇，那抗日救亡和解放战争中纵马驰骋的热血儿郎，那汇聚于鲁艺和自治学院的青年才俊，那阿·敖德斯尔《骑兵之歌》描绘的场景和巴·布林贝赫《生命的礼花》的诗行，都在讲述着这片9万多平方公里土地的人杰地灵，都在讲述着这里400

多万父老乡亲的大爱无疆……

多想再次登上阿斯哈图石林，也登上白音乌拉山的高岗，追逐贡格尔天然草原领跑的 490 多种野生动物的身姿，聆听由达里诺尔湖水面带起的 300 多种野生珍禽的引吭，欣赏在 8 大名山怀抱里生长的 1800 多种野生植物的曼舞，分享 7 条水系血脉里滋养的 140 多处大小湖泊的畅想……多想再一次穿过西拉木伦河，也穿过老哈河的急浪，体会东西响水独有的"飞流讵止三千尺，绝胜银河落九天"的意境，寻觅沿途深藏的"山深闻唤鹿，林里自生风"的空旷，饱览喀拉沁亲王府、热水温泉、英金河畔、月牙湖边的人文景观，评鉴长城艺术挂毯、红马牌麻黄素、巴林鸡血石、"塞外茅台"酒的世纪辉煌……

这就是我的遐思，是我的追忆之旅啊！带上了对这里冠名"昭乌达盟"340 多年坚强岁月的思念，带上了对这里荣称"赤峰市"40 多年拼搏时光的颂扬，也带上了对这里各行各业跨入新时代的祝福，更带上了对这里各族儿女奋进新征程的期望……

题注：正是因为身边有很多赤峰籍的朋友，经常受到他们聪明、热情、有见识、敢作为秉性的感染，才有了深入了解这里的历史文化、人文景观、自然风貌、乡音民情的浓厚兴趣，也有了探究昭乌达——赤峰地名更改缘由的冲动。是啊，这里的地理位置和人居环境是独特的，也是神秘的。它三面环奇峰峻岭，腹地有古老的河流穿行，东边伸向科尔沁沙地，处于与辽宁、河北交界的三角地带，古时曾是大辽京畿之地，元清时又为皇家避暑之所，吸引康熙帝、乾隆帝十数次巡视，招徕历代文人墨客的争相玩游，留下了无数赞颂诗篇。而这里生活着的先民和子孙，经历过历史风云的变幻，到了北元和后金时期，因为1639年昭乌达（百柳）之地蒙古王公的会盟，才有了"昭乌达盟"的称谓；也因为1954年"红山文化"的正式命名，才沿用了1778年已有的"赤峰"（红山）古称，才有了1983年10月撤盟设市后的"赤峰市"桂冠。尤其是因为红山文化遗址中发现了玉质圆雕卷龙的"天下第一龙"，把中华文明史向前推进了千余年，引起轰动，更铸就了这片古老土地的骄傲，也成为这里各族父老乡亲的光荣……就是出于这样的种种原因，我禁不住写下这篇《追忆昭乌达》，谨表达我们的崇敬心情和美好祝愿……

2022 年 3 月 20 日

寻访乌兰察布

从熟知了你的名字，又熟识了你的容貌的那天起，就知道了什么是痴心不改，什么是禀性难变；也知道了什么是沧海桑田，什么是星移斗转……

从你饱经风霜但又不肯弯曲的身躯上，看到过骨骼隆起的艰辛，听到过血流加速的磨难，体会过时事动荡的困苦，品尝过柳暗花明的心欢……

记得那是在清朝康熙九年（1670 年）的某一天，四子部落旗、茂明安部落旗、喀尔喀右翼部落旗（达尔罕旗）、乌拉特三公旗，共 4 个部落 6 个札萨克旗的王公们应诏齐聚，在乌湖克图这个生长油脂石的地方议事举杯，在乌兰察布这条川流不息的小河岸边盟誓换盏……从此，就有了"乌兰察布盟"的称谓，就有了最初划定的 89875 平方公里的牧野山川……

记得早在"北元"与明朝对峙的260多年的岁月里，早在"后金"悄然兴起的240多年的云雾中，先是元太祖胞弟哈萨尔的3个15代世孙移出科尔沁部落大殿，才有了诺延泰儿子们的四子部、车根亲率的茂明安部、布尔海交子孙分掌的乌拉特部的生息家园……后是元太祖20世孙本塔尔由漠北向漠南，又有了喀尔喀右翼（达尔罕部）新辟的驻牧营盘……从此，就有了你必然要经历的盟旗分治、旗县并存、屯田放垦的世事变迁……

这里早已有过先人们"茹毛饮血""刀耕火种"的氏族聚落，早已有过祖辈们"逐水草而迁徙，随畜牧而转移"的生活尘烟……这里曾是赵武灵王"胡服骑射"初试刀锋的战场，曾是匈奴由兴而衰的驿站，曾是鲜卑人设牙帐建北魏王朝的要塞腹地，曾是后世王朝设郡县设羁縻府州游走的前庭后院……

这里留下过契丹建辽后从"九十九泉"传出的鼓乐鸣响，留下过汪古部迎娶成吉思汗公主后引兵破金的冲杀呐喊；留下过大元盛世驿道通达、"广屯田以息运饷"的印迹，留下过明朝补修长城、明英宗上演"土木之变"的奇谈……这里还留下过蒙古中兴后右翼土默特万户经略的繁荣，留下过察哈尔右翼4旗讨寇戍边的历险；留下过军阀混战和日寇践踏的累累伤痕，留下过新中国成立后10多次区划调整的焕然一新……

今天，找到了你曾经怀抱的2市8旗11县、面积达12.9万多平方公里的平川草地，找到了你现今紧拥的1市1区4旗5县、面积达5.4万平方公里的沙土坡山；找到了你由30多条河流和4大湖泊连接成的远眺目光，找到了你由700多种野生植物和200多种珍禽灵兽描摹出的彩色画卷；找到了你凭借"石墨烯"冲天的凌云豪气，找到了你依托"马铃薯"闯出的地阔天宽……

今天，记住了你传承"老虎山"和"集宁战役纪念馆"红色基因的担当使命，记住了你搬迁白音鄂博祭祀神位到巴音查干山顶的大局观念；记住了你呵护翼晋蒙绥地域文化和淳朴民风的坚强意志，记住了你守卫"草原云谷"和"神舟家园"的无悔奉献；记住了你冲刺脱贫攻坚、不负众愿的拼搏精神，记住了你报效170多万父老乡亲的赤诚心愿……

就这样寻访着，已牢记了你的名字，已刻下了你的容颜……此刻，你正带着淡淡的乡愁，带着轻轻的呼唤，也带着久久的思索，也带着长长的企盼走过来了……

题注：因为记住了"北京向西一步，就是乌兰察布"这句歌词，难免拨动了我的心曲思弦。这片饱经风霜但永远充满朝气的山川草地，总会跳荡出许多古老故事和今世传奇。因而在查阅大量史书资料时，我的脑海中不仅仅闪出了一团团的历史云雾，更多的还跃出了一幕幕所闻所见。记起了多次深入四子王旗蒙古族学校，深入红格尔苏木蒙古族小学；走访过察右后旗民族教育园区，走访过察右前旗、察右中旗的加授蒙古语教学班；听过一首首悠扬悦耳的蒙古语歌曲，听过一段段关于灰腾锡勒、关于格根塔拉的逸事趣闻……还想起了这里的多次区划调整，这里的人口变化，这里的乡风民俗的坚守，这里的草原文化的传承……也更加萌生了寻访探究这片土地的强烈愿望，升起了对这里170多万父老乡亲的无比敬重……这正是我深情写下这篇《寻访乌兰察布》的缘由……

2021 年 11 月 20 日

回首伊克昭

记住了这片苍茫又神奇的土地。那蜿蜒 760 多公里的黄河水道从西北东三面环绕，那连绵 500 多公里的秦明长城从南线划出界边，那静卧的 4 万多平方公里的库布其沙漠和毛乌素沙地在中部铺开，那怀抱的 8.7 万多平方公里的丘陵和草地在全境伸展……

记住了这片古老又神秘的高原。那 3 万多年前繁衍生息的"河套人"的勤劳足迹，那近万年前创造哺育的"仰韶""龙山""青铜"文化的耀眼光环，那几千年来演绎变幻的农耕和游牧人的艰辛生活，那近千年来勾勒描摹的部落追逐与改朝换代的血色画卷……

这里留下过蒙古大军征伐西夏时战马踩踏的花草，这里留下过成吉思汗陵寝初建时低垂的云片，这里留下过大元盛世设行省路州管理又划归皇室封地的笑语，这里留下过护卫"八白宫"百年迁徙驻足后鄂尔多斯部众的誓言……

这里见证了一个特殊部落由松散到凝聚的形成过程：由皇亲国戚、挚友近臣、部落首领、忠勇卫士及其后代子孙们组成了非血缘关系的部落群体——鄂尔多斯，从此与众多宫殿（八白宫）有了不解之缘……这里传承弘扬了感天动地的忠孝美德：为着圣主的安宁和后世子孙的昌盛，从13世纪托雷始建"八白宫"，到窝阔台将"八白宫"移驻哈剌和林，再到元朝建太庙祭祀，最终在15世纪后期将"八白宫"及"苏勒德"等奉祀之神集中到鄂尔多斯地区，形成了以圣主宫帐为核心的"八白宫"祭奠和"苏勒德"祭奠完整的祭祀制度及形式内容，还精炼出一支负责守陵与祭祀的500户专职队伍——达尔扈特，担负神圣使命的人，正不断续写着具有800多年历史光辉的成吉思汗祭祀文化的壮美诗篇……

这里是"北元"时期蒙古右翼三万户之一鄂尔多斯万户的驻守牧地；这里是清朝顺治六年（1649年）谕令鄂尔多斯部落自成一盟又分六旗（后增1旗）的封禁营盘；这里因为成吉思汗16世孙巴尔斯博罗特掌管蒙古右翼三万户，之后又有子孙分掌7旗属民，才有了黄金家族的显贵地位；这里因为有了17世纪史籍《大黄册》中"猛隼之羽翼，驾辇之护卫，善射之能者，填膺之壮士……"的记载，更有了后世不绝的赞颂……

这里生活的部落子民素以桀骜剽悍和尚武精神著称。

曾于清朝顺治六年（1649 年）因不满清兵无端欺凌高举过起义大旗；曾于清朝光绪五年（1879 年）因不满王公官吏盘剥由贫困牧民点燃了"独贵龙"运动的火焰；曾因清廷的"放垦蒙荒"政策和对"洋教"泛滥的纵容，7 旗札萨克王公们分辨曲直，群起抵抗；曾因外蒙古哲布尊丹巴活佛与沙俄勾结宣布"独立"，7 旗札萨克王公们大义凛然复文《十三条质疑》，发出了维护祖国统一的铿锵呐喊……

这里的土地早已因黄河、沙漠、草地、长城和无尽的宝藏而享誉四方。在东西长 400 多公里、南北宽 340 多公里的地界内，820 多种各类野生植物顽强生长，40 多种野生灵兽奔跑飞蹿；110 多种珍禽候鸟漫天鸣叫，1300 多种昆虫彩蝶追逐尽欢；已探明的 1676 亿吨煤炭资源等待综合利用，已探明的 8000 亿立方米的天然气静候走家串院；"梁外甘草"已是闻名中外，"阿尔巴斯山羊绒"更是温暖了人间……

今天的回首相望，是因为你的库布其沙漠已把"几"字形的黄河流水揽进了"弓弦"怀抱，是因为你的毛乌素沙地正把"恶水"与荒凉改变成清泉和草甸；是因为你的会盟地"王爱召"废墟依然控诉着日寇的烧掠暴行，是因为你的黄河天险和陕甘宁边区屏障的担当永远讲述着蒙汉人民血肉联系的旧事新传……

今天的回首再望，是因为你的"成吉思汗陵园"飘起的紫气祥云，是因为你的"鄂尔多斯婚礼"展示的歌舞盛宴，是因为你的215万多父老乡亲坚守的纯朴、善良、吃苦耐劳的品性，是因为你的215万多兄弟姐妹追求的创优争先、砥砺前行的气胆……

题注：记得2001年4月伊克昭盟改为鄂尔多斯市的时候，我的心里产生过不解和疑惑。这两个地域名称的区别在哪里？后世的子孙们还能找回飘散的乡音乡愁吗？时间久了，这样的不解和担忧也慢慢淡化了。因为工作关系，10多年来我走访了这片土地上的大多数民族中小学校和幼儿园，接触过许许多多校（园）长和一线教师，也接触过数不清的地方官员、朋友同事、学生和家长，心头又难免升出了莫名其妙的冲撞。这里的蒙古族同胞待人接物的传统礼节，这里每一个城镇发生的日新月异的变化，这里每一个民族学校保持办学特色坚持文化传承的真情实意，这里朋友聚会时唱出的蒙古语长短调民歌、弹奏的各种乐器的和谐声响，甚至于哼出的"漫瀚调"方言俚语，总会牵引我的思绪前翻后涌，勾起我的思索信马由缰……终于，有了这几天的闲暇，有了查阅资料的机缘，有了翻看日记的回忆，也有了释疑解惑的答案……于是写下了这篇《回首伊克昭》，算是对自己穷思苦恋心情的慰藉吧……

2021年11月30日

神游阿拉善

记得在远古风吼草飞的日子里，从世居在旷野中的不同氏族的剽悍牧人用锋利的石器在曼德拉山刻下了6000多幅壮美岩画起，人类初始的血腥与微笑交织的文明旗帜便在这大漠深处飘扬了……

经历了几千年的风雨变迁，因为有了公元426年的汉朝军卒筑起的防御北匈奴的长堤高墙，才有了三国将士唱起的60年震天撼地的《大江东去》歌，才有了两晋朝官挥舞的155年不锈的刀枪剑戟，才有了南北朝谋士枭雄用169年的时光更替的九国霸主，因而也才有了这大漠深处西部鲜卑人逐水草而居而牧的宁静生活……

于是这里又有了氐族人建后凉政权而治理，有了隋将败突厥而入住，有了唐王设"度之"征税而收管……这里还有西夏国设兵营统领，蒙古军纵马踏碎楼兰，元廷建驿道长久繁荣……这里还有明朝武将的挥师攻掠，北元诸王的分庭抗礼，清朝皇室恩威并施后的归顺臣服……

　　不知是从什么时候起，这里不再有太多的狼烟四起和战火纷飞了。有的只是和硕特蒙古人守护的以匈奴族贺兰部命名的"贺兰山"虎视下的这片 16 万多平方公里的阿拉善大戈壁，有的只是土尔扈特蒙古人守护的以西夏党项语命名的"黑水"环绕的这片近 12 万平方公里的额济纳大草原……

　　这里有神秘的山脉群峰。贺兰山的达郎·浩绕主峰雄起了自己 3500 多米高的勃发英姿；雅布赖山一边用自己宽厚的心怀收藏着 6000 多年的古代石画，一边用自己汩汩的乳汁孕育了令世界称奇的白绒山羊的生命……

　　这里有浩瀚的戈壁沙漠。黑色戈壁贪婪地以马鬃山为首率领着自己分布在 9 万多平方公里兵营中的数百万砾石兵马；阿拉善沙漠分派出巴丹吉林、腾格里、乌兰布和三兄弟在 8 万多平方公里的沙地里悄然孕育了 570 多个充满灵性的湖盆儿女……

　　这里有珍奇的野生植物和野生动物。以胡杨林为魁王的 612 个植物种群正舒臂待舞，用肉苁蓉和锁阳编织着人类延年益寿的梦境；以野骆驼为骄子的 188 种动物家族正翘首欲歌，用盘羊和白尾海雕的吟唱组合成了人与自然共建和谐天地的乐曲……

　　这里有丰饶的矿产宝藏和人文资源。深藏在古拉本地区

的太西煤尽显着自己黑色宝石的魅力；遍布在 184 处之多的黑色金属矿石招惹着无数座喷火吐焰的钢炉的垂青；黄金白银的矿床里升起了对致富的向往；盐湖碱滩的营地中燃起了对繁荣的渴望……那黑城遗址的诉说，那居延美景的吟唱，那戈壁蜃楼的遐想，那沙漠奇观的梦幻，已经毫不遗漏地把"八座寺庙"的禅语经文讲透了，也把"九件神物"的天意玄机说明了……

这就是我的阿拉善神游之旅！是几年苦寻的神游之旅啊！读懂了你 20 多万守疆固土的父老乡亲的坚毅信念，读懂了你 27 万平方公里大漠戈壁的诗行画卷，读懂了你建盟 30 年来的孜孜追求，读懂了你坚守 50 多年的太空梦恋……更加读懂了你那在 741.85 公里长的边境线上永远吟唱的一首首童谣，也更加读懂了你那用追风赶月的豪情在沙海绿洲里唱响的一曲曲马头琴伴奏的长调歌缕……

题注：2003 年 12 月 7 日晚，笔者乘 43 次火车奔银川赴阿拉善盟考察民族教育工作，抵达后用一天时间分别考察了盟教育局直属的蒙古族中学和阿拉善左旗的两所蒙古族小学、两所蒙古族幼儿园。第 3 日驱车 7 个多小时在茫茫戈壁中穿行了 600 多公里到达了额济纳旗，下午 4 时起走访了该旗蒙古族中学、蒙古族小学、蒙古族幼儿园，晚与旗里分管领导和教育局的同志们边用餐边谈工作。第 4 日晨赴酒泉基地的东风航天城参观，晚上返回额济纳旗的达来呼布镇。第 5 日返阿拉善盟所在地巴彦浩特镇。12 月 12 日返回呼和浩特。

　　紧张忙碌的 6 天里我想了很多很多，既有喜悦与敬仰，又有沉重与揪心，萌生了写点什么的强烈愿望，但案头的稿纸上只写下了《无雪的日子里》的一行草字。这一晃就是 6 年啊！前几日，与阿拉善左旗的魏巴依尔旗长共进晚餐，听他讲了阿拉善左旗的财政收入已经进入全自治区 101 个旗县市区的前 10 位，达到了 20 多亿元的喜讯；听他讲了该旗教育发展的构想以及如何加快蒙古族教育发展的问询，我的心情又激动难抑了！于是连夜草成了这篇神游的梦语与真实的祝愿。

　　　　　　　　　　　　　　　　　　2009 年 3 月 1 日晚

梦恋额济纳

是因为你曾有过的黑河水浇灌的丰美草原的辽阔？还是因为你曾有过的居延城养育的喧嚣驿道的悠远？我的梦恋才乘着远古的漠风起飞了……

是因为你曾有过的荒火烧不尽的胡杨的传奇？还是因为你曾有过的沙尘吹不哑的驼铃的神韵？我的梦恋才驾起欢聚的云团找寻了……

记起你承受了太多太多的磨难：走出了蒙古高原茂密的北方森林，经历了两个多世纪的风霜雨雪，你的身上流淌着卫拉特蒙古人的鲜血，以自己土尔扈特部落的骄傲与准噶尔、和硕特、杜尔伯特部落结成了亲密兄弟。你迈出了西迁的步履，经历了明清两朝的更替与内乱的侵扰，以自己的胆识完成了从塔尔巴哈台山的牧场出发，穿越哈萨克草原到伏尔加河流域平安驻牧的远征……你擦亮过蒙元功臣、自己的始祖翁罕的弯刀；你弹响过自己的部落首领和鄂尔勒克寻求宁静的陶布秀日琴；你紧随着赴藏礼佛的阿喇布珠尔王子的脚步，返途受阻后暂留在了他乡异地的河谷举目盼归；你终于平复了心绪，听命了又一任明主丹忠的抉择内迁后永远留在了这片神奇的草原……

记住了太多太多的往事：你有了属于自己的安宁家园，正当牧歌飘飞琴声激扬的时候，你又深情地牵挂起了渥巴锡汗于 1771 年率领 17 万同族兄弟挣脱沙俄统治的东归伟业，把幸存的马背英雄们领进了自己的温暖毡房；有了新中国成立后的坚强依靠，正当人畜两旺四季溢香的时候，你又真诚地关注起了祖国的国防大业，从 1958 年的冬天起，把自己的 4000 多牧民兄弟向北搬迁了 150 多公里，把那片繁茂的绿草地献出来了，变成了"两弹"和"神舟飞船"演绎辉煌的天地……

记下了太多太多的壮举：经历了 50 多年的电闪雷鸣，也经历了无数次的风沙袭击，你依然顽强地治理着这片 11.46 万平方公里的戈壁沙漠，依然忠诚地守护着这道 500 多公里长的国境防线；你用蒙古族儿女的心胸，团结起各民族的兄弟姊妹，一起书写着建设富饶家园的文明颂歌；你以自己超人的智慧，试验着封育沙漠、转移居民、集中办学、振兴民族产业的一项项工程，还奇迹般地把一丛丛濒危的胡杨变成了如今有 44 万亩之多的浩瀚壮阔、藏珍纳奇的森林……

　　这就是我梦恋你的缘由啊！这就是我梦恋你之后的真情流露啊！这就是我梦恋着你因而才愿从心底永远唱下去的无边无际的吉祥祝福啊！……

　　题注：这是我真正感受到了 2009 年春季风采的几个舒心日子。3 月 11 日与北京容川科技有限公司的朋友到草原学校了解"蒙汉文教学资源网试点工作"及服务器使用情况，到了四子王旗、苏尼特右旗、正镶白旗、正蓝旗的几所蒙古族中小学和幼儿园，一路顶着白毛风雪，一路披着严寒雨雾。13 日晚回到了呼和浩特。第二天坐到办公桌前，重新审读了刚刚写成的《神游阿拉善》，禁不住翻开了 6 年前赴额济纳旗的考察日记，心底的思绪又涌动了。想起了当时看到的蒙古族中学、蒙古族小学、蒙古族幼儿园艰难办学的情景，记起了那时与当地领导交谈沟通的复杂心迹，再与今日的额济纳旗的蒙古族教育事业的发展状况作了比较，我的心情实在是难以平静。是啊，在那里生活的父老乡亲，在那里守疆固土的兄弟姐妹，无论赢得怎样的敬重也是不算过分的。各级政府应该对那里的每一尊生灵、每一棵草木去倾注心力、充满爱心地关怀呵护才算是无愧于苍天！于是写下这篇《梦恋额济纳》，愿以自己微不足道的梦恋之语去呼唤激荡天宇的良知……

2009 年 3 月 15 日

印象苏尼特

在我童年时的印象里，你只是草原，是一片片又低矮又浓密的草丛间流动着洁白羊群的；是一处处又浅黄又深绿的戈壁上跳蹿着无数野性生灵的；是一缕缕又细腻又粗糙的夏风里夹裹着浓浓野葱香味的；是一丝丝又明朗又沉重的愁云里飘荡着淡淡思绪的……

在我青年时的印象里，你还是草原，是一条条海浪般起伏的蜿蜒沙石路运送着繁忙景象的；是一段段马背学校和乌兰牧骑的故事编织着美丽畅想的；是一首首又低回又高亢的长调歌唱着不懈追求的；是一页页用心血用智慧记载古老历史神奇传说、古迹讲述着自豪的……

在我中年时的印象里，你依然是草原，是 6 万多平方公里土地承载着 10 多万父老乡亲焦灼渴望的；是 400 多公里长的边境线守护着北疆永久安宁的；是连续的干旱虫灾雪灾

沙尘暴总也摧不垮奋发意志的；是放牧人的大手抖起套马杆皮索正在喷射出创业精神的……

当我今天再次踏上你神奇的土地，仿佛那古时金碧辉煌的庙宇重又吹响了号角；那沉寂已久的"玄石坡""立马峰""金界壕"和恐龙的家园又欢腾了起来；那干涸的淖尔、飞散的珍禽、走失的盘羊、枯死的山葱又显露了身影；那盘旋的山鹰、飞奔的野驼重又振起了雄风……

啊！苏尼特，我在倾尽心力地祝福你！在我永远的印象里，你是草原，你是绿色的草原，深邃的草原，神秘的草原，更是壮美的草原……

题注：自治区党委政府确定了教育厅帮扶锡林郭勒盟苏尼特右旗的任务，帮扶点为赛汉乌力吉苏木的敖伦淖尔嘎查。因为我来自锡林郭勒草原，具体工作自然由我负责了。于是我于2001年8次深入沙漠，走访掩隐在沙柳中的一个个牧户；2002年10多次进一步精细了解，与结识的牧民交流畅谈；之后与当地领导规划脱贫致富的具体方案以及一项项落实工作……这期间，我体会过当地群众生活的艰辛，体会过基层领导工作的不易，感受到了生态破坏的恶果，感受到了来自百姓信任的压力……我们有什么理由不去认真兑现党和政府的郑重承诺呢？这篇《印象苏尼特》

是我用心写成的，已见诸《北方新报》2002 年 4 月 9 日的
版面上了。

2002 年 4 月 15 日

心驰乌珠穆沁

　　每一次的日夜更替，每一回的季节变换，我的心跳都会在思念中加速，我的血流都会在期盼中奔涌……这是因为想起了你啊，你的健壮身躯，你的坚毅面容，你的豪放性格，你的宽广心胸——乌珠穆沁！我的辽阔草原，我的悠远天空……

　　这里曾经是北方游猎民族繁衍生息的驿站。那春秋战国时东胡人的跃马扬鞭，那大秦两汉时匈奴人的舞刀弄剑，那三国北魏时乌桓、鲜卑、契丹人的先后入驻，那隋唐五代时柔然、突厥、室韦人的进退流连，那北宋辽金时期各方势力的频繁争夺，那蒙元明清之后马背骄子的久久营盘……

　　这里早已是成吉思汗子孙思恋的家园。那巴图孟克达延汗（元太祖15世孙）统一蒙古各部的北元中兴，那图鲁博罗特（元太祖16世孙）率领部众由杭爱山徙牧瀚海南的一路追探，那博迪阿喇克（图鲁博罗特之子）继位繁盛后的分牧而处，那翁衮都喇尔（博迪阿喇克第三子）号所部为"乌珠穆沁"（意为葡萄山之人）的继续东迁，那多尔济（翁衮都喇尔之子）和色楞（翁衮都喇尔之孙）归附清朝（公元 1637—1641 年）设乌珠穆沁右翼、左翼 2 旗的世代定居，从那以后就以部落名称命名的草原……

这里的草原饱经了沧桑。后金清初时这里飘落过追缴林丹汗、平叛噶尔丹拼杀的烟尘；民国动乱时这里擦拭过外蒙匪患、军阀盘剥的伤痛；伪满觊觎下这里经历过日特拉拢、民族分裂的危困；解放战争中这里展示过心向光明、团结爱国的坦荡……这里分享过 1946 年建立民主政权，1949 年组成东部联合旗，1956 年分设东、西乌珠穆沁旗的喜悦；这里肩负过 1960 年收养上海孤儿、1967 年安置北京知青、1969 年组建北京军区生产建设兵团的重任；这里体会过 1972 年发生特大火灾、1977 年突遇罕见暴雪、2000 年遭受沙尘暴的苦楚；这里生发过实行草畜承包、加强生态建设、坚持和谐发展的绿色向往……

这里的草原续写着华章。是大兴安岭西麓的熙风拂动了这里 7.5 万多平方公里土地、528.88 公里边境线的蓬勃生机；是宝格达圣山的溪水注满了这里 12 条主要河流、430 多个大小湖泊的无限渴望；是这里独特的自然条件助长了800 多种野生植物、300 多种珍禽异兽的灵动飞蹿；是这里奇异的地貌环境滋养了 600 多万公顷草场林地、500 多万头（只）牛马驼羊的丰饶肥壮……这里的乌珠穆沁长调，把草原天籁和牧人心籁演绎得完美统一，显示出强大的艺术感染力和生命穿透力，已经走向了世界殿堂；这里的蒙古式摔跤，把体育竞技和文化传承紧密结合，表现出神奇的力量之美和人性之美，更是迈出了国门漂洋过海；这里的 19 万多父老乡亲，牢记了"山羊咩咩叫""马镫铮铮响"的故土传说，也践行着"乌珠穆""吉米思"姐妹心怀的济世理想；这里的 20 多个苏牧场镇的发展蓝图，编织了服饰文化、歌舞文化、游牧文化、民俗文化相映生辉的美趣，也描绘出"额吉淖尔""九曲河流""眺望山""芍药沟"自然景观的万千气象……

是啊，这就是我思念期盼的地方！这就是我心驰神往的家乡！此刻，又想起了满都宝力格的兴旺泉水，阿拉坦合力的金色草浪；又想起了乃林高勒的游牧部落，古日格斯台的林海茫茫……此刻，更想起了乌珠穆沁白马群的自由飞驰，乌珠穆沁肥尾羊的悠闲欢畅；更想起了 2004 年 2048 名搏克手挑战吉尼斯世界纪录的齐装上阵，2006 年 5000 名男女青年合唱蒙古族长调民歌的空灵绝响……

题注：我与乌珠穆沁草原的结缘是从 1976 年夏天开始的。当时插队落户到了东乌旗额和宝力格牧场，但 3 年里的秋天都是在西乌旗的松根乌拉草场上度过的。这之后，无论考学离开、毕业重返，还是工作调动、基层调研，我又无数次来到过这里。想起了额日很巴图老人曾为解放战争、抗美援朝捐献战马牛羊，为新建家乡学校捐赠 7 万多元人民币的感人事迹；想起了 1984 年西乌旗召开的全盟集资办学表彰会，1987 年东乌旗召开的全区"两主一公"现场会的经验交流；想起了东乌旗政府从实际出发，坚定保留满都宝力格苏木学校，西乌旗教育战线倾力把寄宿制蒙古族学校办成亲情传递场所的行为；想起了牧民伊德木自费出国考察现代畜牧业，北京知青痴情立下"第二故乡"石碑的举动……这一切都令人心绪难平。是啊，乌珠穆沁草原上的各级党政领导，重视科技教育发展，重视民族文化传承，重视草原生态建设，重视人民生活福祉的功绩是应该大书特书的。正因为如此，这篇《心驰乌珠穆沁》，算是我感恩心迹的记录吧！

2020 年 10 月 6 日

魂牵克什克腾

　　这里展示了大自然的鬼斧神工。那重峦叠嶂、沟壑纵横的体态，那丘陵起伏、河湖交错的面容；那松林呼啸、热泉喷涌的心胸，那黄沙轻吟、绿草放歌的气概……那两大山脉紧拢的40多座奇峰峡谷和四大隘口，正注视着1000多种野生植物和60多种灵兽的起舞飞跳；那三大水系轻挽的50多条溪流和60多个湖泊，正任由着100多种野生鱼类和150多种珍禽的走西串东……这是怎样的令我魂牵梦绕的2.067万多平方公里的土地啊……

　　这里铭记了先民们的繁衍行踪。那远古时商族、山戎、东胡人的耕猎定居，那秦汉时匈奴、乌桓、鲜卑人的游牧迎送；那隋唐时突厥、契丹权贵的设州建府，那宋金时女真、蒙古领主的逐鹿争雄……那蒙元一统后弘吉剌部受封守护、建立应昌城的安居乐业、百年昌盛；那明末清初间察哈尔万户拥兵西进、赐牧克什克腾（亲兵、护卫军）部保境安民的后世兴隆……这是怎样的养育了18万多父老乡亲的家园啊……

这里的黄岗梁山脉气宇轩昂。环视白音敖包红皮云彩的秀美，欣赏贡格尔草原牧野的粗犷，倾听潢源激流的宣泄，审读阿斯哈图石林的梦想……这里的七老图群峰令人神清气爽。细数蹛林圣地祭祖拜日的故事，分享木兰围场皇家秋狝的酣畅；体会塞罕敖包古迹传说的喻示，感受乌兰布统硝烟散尽的悲怆……

这里的达里诺尔湖碧波荡漾。收藏过铁木真诸子踏破边堡、走马骑射的英姿，收藏过忽必烈临幸避暑、信马由缰的雄壮；也收藏过特薛禅家族领受皇恩、20 位儿孙承袭王位的荣耀，也收藏过弘吉剌氏族 19 男迎娶元代公主、21 女嫁入元庭享受皇后宠妃的荣光……

这里的西拉木伦河流域宽广。见证过巴图蒙克达延汗（元太祖 15 世孙）北元中兴、率其子斡齐尔博罗特（克什克腾部始祖）西征拓境的场景，见证过翁根达日（斡齐尔博罗特之孙）收服弘吉剌散部及元庭护卫军后裔、传至沙剌勒达（翁根达日之子）始命本部为克什克腾的兴旺；也见证过索诺木（沙剌勒达之孙）率部于天聪八年（1634 年）归附后金、顺治九年（1652 年）召编入旗的变迁，也见证过历任札萨克奉旨从征、维系古老草原栉风沐雨的沧桑……

记住了这里经受的浴火磨炼。那清末年间的开荒采矿；那民国初年的猖獗匪患；那军阀割据时的兵痞横行；那伪满统治下的日月昏暗；那抗日救亡中内蒙古人民革命党、中共克什克腾旗左翼支部唤起的民众觉醒；那解放战争中5000多名子弟志愿参军、组建骑兵四师第36团的大义凛然；那新中国成立后各条战线呈现的爱国热情；那改革开放以来经济社会发展带来的天翻地覆……

记住了这里描摹的多彩画卷。那2600多万亩天然草场，放牧着100多万头只牛马驼羊，用白岔铁蹄马、岗更诺尔黑牛、乌套海绵羊的蕙声，预示了科技兴牧的明天；那130多万亩可耕农田，收获着17多万吨五谷杂粮，用谷子的金穗、荞麦的花香、油菜的笑脸，点亮了乡村振兴的期盼；那遍及南北的世界地质公园、国家森林公园、国家级自然保护区、国家级重点文物保护单位等文旅景观，拨动了来访者敬畏天地的心弦；那流传古今的历史故事、史诗神话，歌舞琴声、民俗文化等人间瑰宝，丰富了圆梦人大爱无疆的情感……

这就是我魂牵的北疆净土啊！这就是我魂牵的克什克腾草原……

题注： 克什克腾草原富饶美丽，是一个旅游资源丰富、蒙元文化底蕴深厚的地方。凡是来过这里的人，只要用心体会眼前的每一处景致和风土人情，就免不了会生出魂牵梦绕的感觉，我就是其中的一员。记得那是 2005 年的初夏季节，我随同自治区人大常委会执法检查组一行来到经鹏镇，检查这里贯彻落实党和国家民族教育法律法规的情况。当听取了旗政府汇报、召开座谈会、了解民意、深入学校查找问题、检阅相关资料后，我的心绪不平静了。之后便是第二次、第三次、更多次地来这里调研督导。想起了 2012 年 10 月那个飘雪的日子，我来到达日罕苏木巴彦门德嘎查小学，核实网传信息的真伪。走访过一户户牧民家庭，看到了一双双求学若渴的孩子们的眼睛，又眺望了远处依稀可见的应昌城遗址，我更感到了教育工作的责任重大；想起了 2016 年秋天那个天高云淡的日子，看到了旗蒙古族中学教学大楼的落成，旗蒙古族小学办学现状的大变，旗蒙古族幼儿园新址的投入使用，我更为这里发生的巨大变化无比欣慰……是啊，这里不仅仅有独特的自然资源，有古老的弘吉剌部落、克什克腾部落的文化传统，更有着父老乡亲强烈的科教兴旗的愿望……这里是中国航天事业奠基人之一巴玉藻的故乡；这里是革命前辈乐锦涛、肖声嘎生活、工作的地方；这里培养了额尔敦陶克陶、张长弓等一大批知名学者作家；这里祭奠着德勒格尔、赵芝瑞等 500 多位烈士的英魂；这里的民族服饰集乌珠穆沁、察哈尔、巴林特色于一身；这里的长调民歌聚山川美景、父母亲情、祝颂期盼于心头……正是出于这样的

原因，在居家的日子里，写下了这篇《魂牵克什克腾》，表
达我对那里熟识的人、熟知的事的心驰神往……

2022 年 10 月 20 日

记挂奈曼

　　总感觉太熟悉这里的沙丘草地，这里的岗梁河川；也熟悉这里的乡风民俗，这里的人文景观；还熟悉这里的岁月足迹，这里的今世变迁；更熟悉这里8137.6平方公里土地上的畅想，这里37.5万多父老乡亲的心愿……于是我来了！再一次来到这让我魂牵梦绕的神奇奈曼……

　　这里是北方民族的成长摇篮。那春秋战国时东胡人的秋冬驰骋，那大秦两汉时匈奴人的春夏盘旋；那魏晋之后乌桓、鲜卑人的设州建府，那隋唐以来契丹、女真人的卧薪尝胆……这里留下了耶律阿保机八部归一后200多年的大辽昌盛，这里见证了完颜阿古打攻占五京后100多年的金国雄健；这里记录过成吉思汗灭金伐宋的征战历程，这里收藏过忽必烈天下大统的风雪画卷……

　　这里是马背骄子的游牧家园。那巴图孟克（元太祖15世孙）号令蒙古左右翼6个万户时的北元中兴，那图鲁博罗特（巴图孟克长子）率部从杭爱山南迁老哈河的流连忘返；那额森伟征（图鲁博罗特之重孙）统领奈曼部为察哈尔8个鄂托克之一时的安居乐业，那衮楚克（额森伟征之子）袭位后为避战乱品尝的酸甜苦辣……这里经历了林丹汗（达延汗7世孙）举兵内讧的兼并侵扰，这里目睹了衮楚克1627年（后金天聪元年）归附后金的无奈决断；这里掩埋过布尔尼（林丹汗之孙）反清败军的遍野尸骨，这里书写过1636年（清崇德元年）起历经12世16位札萨克郡王主政的兴衰史篇……

想起了这里因龙化州、金铃岗、广平淀等古时地名编织的青牛白马、燔柴告天、四季捺钵等一个个神话故事，想起了这里因青龙寺、舍力虎庙、章古台佛塔等幸存庙宇产生的苍天赐福、驱邪解难、行善积德等一段段趣闻奇谈；也想起了这里因商周遗址、燕国长城、陈国公主墓等前朝古迹唤起的尊崇历史、传承文明、血脉相通的文化自信，也想起了这里因包古图沙漠、孟家段湿地、龙尾沟丛林激发的珍重自然、建设家乡、创造辉煌的心底期盼……

记住了这里从清朝推行"借地养民""移民实边"到民国放任卖地开垦、匪患横行带来的草原沙化、民不聊生的凄凉景象，记住了这里从伪满奴役、日寇掠夺到抗日救亡、民族解放发生的农牧并举、生态治理的山河巨变；也记住了这里从发掘"沙漠怪柳""中华麦饭石""绵羊之乡"特色产业的举措中传递的致富信息，也记住了这里从敬重佛学大师占布拉道尔吉、文化先驱布和克什克、著名学者戈瓦科教贡献、宣扬中彰显的卓识远见……

这里的 730 多万亩农田正用 5 亿多公斤丰收的粮油托起农民的笑脸，这里的 150 多万亩草场正用 70 多万头只肥壮的牛羊引出牧人的心欢；这里的 6 条河流、20 多个湖泊湿地、30 多座各型水库正环绕着 580 多处大小村落轻声细语，这里的 2 万多亩园区、360 多万亩林地、430 多万亩荒原正任由着 1300 多种野生动植物曼舞飞蹿；这里的"三石""三金""三砂""三米"已名扬五洲四海，这里的民族歌舞、民间传说、手工制品、地域文化已走遍地北天南……

是啊，这就是我心中的奈曼！此刻，我仿佛又伫立在奈曼王府的雕梁画栋下，仿佛又漫步在西辽河的弯沙细浪边，多么想紧随这里乡村振兴的前行脚步，多么想共举这里圆梦中华的金杯银盏……

题注： 从 2008 年秋季起，我就与奈曼旗结下了特殊缘分。这里以沙丘多、怪柳多、贫困人口多出名，是国家级贫困旗县；也以历史悠久、文化底蕴深厚、民风淳朴著称，是人文资源丰富的地区。记得第一次来这里，看到几所民族学

校办学条件的艰难，真是吃惊又揪心。此后，我便下决心盯上了这里改善办学条件等方面的工作。一次次对旗蒙古族初级中学偷工减料事件的督查整改，一次次对八仙筒蒙古族学校重建的督促协调，一次次对民族教育专项经费使用情况的核查落实，让我与这里的务实领导、敬业校长、辛勤教师和可爱的学生们增进了感情和了解。退休后，我加入到内蒙古民族教育发展基金会这个公益组织，于2018年5月求得亿利资源集团的支持，在孟家段水库种下了120亩2000多株胡杨树苗，现已成林；又于2020年8月为新建的八仙筒蒙古族学校捐赠了一顶八哈那蒙古包，作为民族团结教育场所。当我看到奈曼旗民族教育工作的巨大变化，听到奈曼旗已打赢了脱贫攻坚战役，得知这里已被命名为"国家园林县城"，感到这里散发着蓬勃向上的气息，更是兴奋无比。追思过往，感慨万千。在居家的日子里写下这篇《记挂奈曼》，算是我对奈曼父老乡亲和同事挚友们的敬意吧！

2022年11月6日

想念巴尔虎

这里是祥云西去，紫气东来，季风劲吹，雨雪漫游的地方；这里是河流引路，草浪随行，丛林衣绣，湖泊展颜的边疆；这里是骏马奔驰，牛羊恬静，珍禽飞舞，灵兽跳窜的牧场，这里是炊烟袅袅，长调悠悠，繁星点点，睡梦香甜的故乡……

这里留下过远古年代"扎来诺尔人"艰辛狩猎的足迹，这里留下过秦汉时期东胡、匈奴人纵马驰骋的空旷；这里记录下了拓跋鲜卑部落"南迁大泽"的一路行踪，这里记录下了成吉思汗征服北方群雄的几多悲壮……那蒙元时哈萨尔、斡赤斤等封户子民的安逸日子，那明初时弘吉剌、乌拉特等部落儿孙的倥偬时光；那后金时满洲八旗、布特哈八旗的开疆拓土，那大清时索伦八旗、蒙古八旗的戍边设防……

于是这里就有了1732年（清雍正十年）从布特哈地区抽调鄂温克、达斡尔、鄂伦春、巴尔虎3000多兵丁混编的

索伦左右翼八旗；就有了 1919 年从索伦左翼分出镶白、正蓝两旗 275 名巴尔虎人新建的"陈巴尔虎旗"营帐；就有了 1.86 万平方公里土地上流淌的额尔古纳河和遍布的湖泊丘陵；就有了 5.06 万父老乡亲凝望的 193.9 公里水界边境的两岸苍茫……

于是这里又有了 1734 年（清雍正十二年）由喀尔喀车臣汗属地招募的 2400 多名巴尔虎士兵组建的新巴尔虎左右翼八旗；又有了由正黄、正红、镶红、镶蓝划编的右翼旗，由镶黄、正白、镶白、正蓝划编的左翼旗的洁白毡房；又有了新右旗 2.52 万平方公里原野上克鲁伦、乌尔逊河水面的滋润，又有了这里 3.84 万各族兄妹注视中从 515.47 公里边境线上飘起的吉祥；又有了新左旗 2.2 万平方公里草原上哈拉哈、海拉尔河激流的穿行，又有了这里 3.95 万各族姐弟心愿里从 305 公里边境线上升腾的兴旺……

从此这里还有了一个个耳熟能详的传说故事，还有了一段段刻骨铭心的岁月沧桑。那近万年前猎人巴尔虎岱巴特尔与天鹅仙女繁衍巴尔虎先祖的图腾神话，那 10 世纪初"黄金家族"的 11 世祖母阿阑豁阿敬奉巴尔虎生母的史实颂扬；那蒙古帝国时火炮手喳木海父子亲率巴尔虎勇士攻城拔寨的机敏善战，那北元中兴时部落主岱青号令巴尔虎民众走南闯北的生活跌宕……那驻牧呼伦贝尔家园时与沙俄惯匪、屈辱

条约争斗的不屈不挠；那捍卫民族尊严时与日满势力腐朽政
府博弈的果敢刚强……

　　从此这里更有了一幅幅天高地阔的山川画卷，更有了
一曲曲千回百转的时代交响。那呼伦湖思念贝尔湖的姐妹絮
语，那银海岸牵手拴马桩的奇异梦想；那莫日格勒河拜会
"三棵樟子松"的匆忙脚步，那七仙湖做客金帐汗游牧部落
的永久向往……那游动在蓝天白云下的 210 多万牛马羊群和
欢聚的走兽飞禽，正追踏着这里 6.58 万平方公里疆域的圆
梦激情；那静卧在绿草沙丘上的 900 多处湖泊水泉和茂密的
野果花木，正伴唱出这里 12.85 万优秀儿女的牧歌嘹亮……

　　是啊，这就是我记忆中的巴尔虎身影！这就是我想念中
的巴尔虎景象……

　　题注：记得这是 2004 年的 7 月份，我应邀参加了在新
巴尔虎右旗举办的"纪念新巴尔虎迁徙 270 周年"庆祝活
动，从此便对巴尔虎这个古老的蒙古族部落和他们生活的这
片草原产生了浓厚兴趣，也有了强烈的探索欲望。之后，我
又无数次拜访过这里。走进新右旗阿拉坦额莫勒（金马鞍）
镇宽阔的思歌腾（知识青年）广场和知青博物馆，走进这里
办成了寄宿制学生之家的旗第一小学和民族特色浓郁的旗
蒙古族幼儿园，看到阿敦础鲁（群马石）和乌兰布隆玛瑙

滩的自然风光，听到《乌和尔图辉腾》(《牧歌》由此演变而来）的天籁之音……我感到振奋。来到新左旗阿木古朗（太平之意）镇上的一所所蒙古族学校和幼儿园，看到这里舒适整洁的学习生活环境，听到学生们演练蒙古族长调的稚嫩声音，得知这里被命名为全国民族团结进步创建示范区（单位）……我无比欣喜。参观陈旗巴彦库仁（富饶的院落）镇民族博物馆的珍贵文物和历史文化，了解到旗民族小学与家长志愿者队伍的亲密关系，感受到全旗民族教育事业和民族文化传承工作的有序发展……我由衷点赞。同时，还看到呼伦湖周边的石油钻台，看到草原深处的采矿井架，看到过公路两侧栽种的"遮羞"病树，看到丘陵沙地开垦的凌乱荒原……我心生担忧。这大约都是很多年前的事情了。今天，在这段居家的日子里，想起飘浮的往事，想起挂念的朋友同事，写下这篇《想念巴尔虎》，虽有不确定或遗漏之嫌，但还算是我赞美和敬意的表达吧……

2022 年 10 月 28 日

品读察哈尔

走过了翻山越岭的漫漫长路，穿过了披星戴月的悠悠时光，依然展露着"利剑之锋刃，盔甲之侧面"的神勇，依然放射着"闪耀的大纛，燃烧的圣火"的豪壮……这就是我在寻找的古老部落的漂泊身影，这就是我想看到的传奇前辈的坚毅面庞……

记得从 1206 年起，蒙古高原上就有了一个神圣的称谓——察哈尔（家人、卫士、怯薛军、宫殿卫队之意）。这是成吉思汗亲自统领的一支近卫军，是从各个封户功臣和普通百姓的子弟中，挑选身体强健、武艺精湛、品行端正的由万名勇士组成的非血缘关系的特殊军事集团。他们分为 10 个千户，每个千户为一个群体，肩负各自不同的职责。平时巡逻守卫，战时率先冲锋陷阵，在统一北方，降服西域，灭金伐宋，横扫欧亚的征战中威名远扬……

记得从 1227 年起，这支近卫军已转由成吉思汗幼子拖

雷家族掌管。但无论是窝阔台、贵由、蒙哥汗时期，还是忽必烈建立元朝，都照例继承了怯薛军制度，使这支以"守纪、忠诚、勇猛"著称的铁军日益壮大。他们四处驻防，散枝蔓叶，逐步演化为血亲关系，由"军事集团"向着"部落集团"转变。因而就有了100多年来滋生的居功自傲、作风散漫的习性；更有了元朝末期贪图安逸、战力下降的情形。他们只能在明军压境时随着妥欢贴睦尔（元惠宗）退居草原，虽浴血拼杀，却无力回天，空留下自1368年起愧对祖先的阵阵悲伤……

也记得从1480年起，巴图孟克达延汗（成吉思汗第15代世孙）开始了北元中兴的历程。先后统一蒙古各部，按照祖制将分散的蒙古部落编成左右翼6个万户，重新划分领地。同时保留了科尔沁部属地，又以联姻结盟方式将兀良哈三卫纳入了汗统之中。于是蒙古高原重新建立起与明朝对峙的北元政权，形成左翼察哈尔、兀良哈、喀尔喀3个万户，右翼鄂尔多斯、土默特、永谢布3个万户的格局。如此，就有了达延汗分封11个儿子统领六万户的高度集权，有了达延汗驻帐察哈尔中央万户号令全蒙古的威严，有了察哈尔8个鄂托克（八大营）的游牧封地，有了分封诸子带来的血缘关系日渐疏远以及加速封建割据的动荡……

也记得从1604年起，林丹汗（达延汗第7代世孙）继承蒙古大汗权位后的重振雄风。为加强对左右翼六万户的管理，分别任命右翼永谢布首领、左翼乌齐叶特部首领为特命大臣掌控左右翼，自己亲率察哈尔八大营坐镇巴林境内的察汉浩特城。这个时期，正是女真族努尔哈赤崛起、藏传佛教两大教派竞争激烈的时候。林丹汗听信谗言，选择了放弃传统黄教而皈依红教，引起蒙古贵族和信教民众的不满。于是就有了漠北喀尔喀部和右翼三万户的渐渐疏远，有了左翼各个部落之间的猜忌内讧；有了科尔沁部率先与后金势力的私下修好；有了察哈尔部家族成员寻求安宁的左右探望……

更记得从 1634 年起，林丹汗病逝于青海大草滩后，其夫人苏泰太后携子额哲于第二年归附后金，额哲得亲王之位，居漠南蒙古 49 旗札萨克王爷之上；又娶皇太极次女马喀塔格格为妻，尊为额驸。而所领察哈尔部众则被划分为几个旗，虽编为察哈尔八旗，但组成人员繁杂，又分驻蒙古各地，其势力已是今非昔比。于是就有了 1636 年（清崇德元年）漠南蒙古 16 部 49 旗鄂托克领主拥戴皇太极为蒙古大汗正统继承权，奉上"博格达彻辰汗"（宽温仁圣皇帝）尊号，建国号为大清的新朝奠基；有了 1644 年清军入关后的正式一统；有了 1675 年布尔尼（额哲弟阿布奈长子）反清事件；有了清廷正式推行的盟旗制度和分设"内属蒙古"总管旗、"外藩蒙古"札萨克旗、喇嘛旗的编笼织网……

更记得从 1675 年起，清廷在镇压了布尔尼起义之后，首先废止了察哈尔部的王公札萨克旗制，改为总管旗制，结束了黄金家族对察哈尔部的宗主权，并将原牧地收回，按照满洲八旗建制，重新设置左右两翼察哈尔八旗。先将归降的喀尔喀、额鲁特编成佐领，又陆续把巴尔虎、乌拉特、茂明安等部零散民众编成数个佐领，安插于察哈尔八旗内。于是就有了 1761 年（清乾隆二十六年）设察哈尔都统的直属管理；有了左翼镶黄、正白、镶白、正蓝四旗（现今锡林郭勒盟镶黄旗、正镶白旗，正蓝旗，太仆寺旗境内），右翼正黄、正红、镶红、镶蓝四旗（现今乌兰察布市察哈尔右翼前、中、后三旗和周边地区）的新划地域；有了克什克腾、敖汉、奈曼（以上三部会盟于昭乌达盟），浩齐特、苏尼特、乌珠穆沁（以上三部会盟于锡林郭勒盟）原属察哈尔八大营的 6 个鄂托克独立为札萨克旗的刻意调整，有了察哈尔古老文化既丰富多彩又独具特色的生生不息和源远流长……

就这样，站在了风雪吹过的茫茫草地，登上了云雾散尽的静静山冈，想到了察哈尔这个地方的历史变迁和岁月坎坷，看到了察哈尔这个部落的人才辈出和世代荣光，我的思绪如山鹰盘旋，我的畅想如骏马驰疆……是啊，这就是我日思夜想的永久故乡！这就是我心灵筑梦的温暖毡房……

题注：在我的印象里，"察哈尔"既是一个英雄集体的名字，又是一个古老部落的称谓，还是一种忠勇无畏精神的象征，更是一段挥之不去的历史记忆。想起了清朝灭亡之后的岁月变化，那 1913 年设置察哈尔特别区、1928 年设置察哈尔省、1937 年设置察哈尔盟、1946 年建立中国共产党领导的革命政权、1958 年并入锡林郭勒盟的每一阶段，这里发生过的重大事件不胜枚举。正说明了这里地理位置的重要和文化底蕴深厚、人杰地灵。这里不仅继承了近千年来蒙古民族奋斗进取的优良传统，在反帝反封建、抗日救亡、民族解放、建设新中国的伟大斗争中建功立业，还在几经区域调整的广阔天地里谱写了民族团结、文化交流、尊师重教、和谐发展的时代颂歌。记得这里的镶黄旗，是全国县级区域每万人口中培养大学生比例最高的地方；记得这里的太仆寺旗贡宝力嘎苏木，是全国乡级区域每万人口中输送研究生人才比例惊人的地方……这里的正蓝旗民族教育办学水平、正镶白旗明安图蒙古族小学文化传承教育活动，这里的察右后旗教育园区建设质量、察右中旗教学工作，这里的元上都遗址和蒙古语标准音基地，这里的灰腾梁旅游景区和风力发电阵容，这里的冀蒙晋协作交流，这里的农耕文化与游牧文化的相映生辉……这一切，都让我感到骄傲和自豪，也促使我在这无雪的冬季写下这篇《品读察哈尔》短文，算是我怀古颂今情感的抒发吧……

2022 年 11 月 10 日

寄语土默特

从翻卷的历史云雾中走出，就看清了脚下绵延的青色群山；从纷飞的岁月烟尘中穿行，就认定了眼前环绕的多彩河川；不再怀恋千年前留在茂密森林里的童年梦语，只记得手足兄弟承诺的血脉相传；不再回味百年来洒在戈壁荒原上的无尽甘苦，只记得后世子孙坚守的使命共担……这就是我看到的一个古老部落的不懈追求，这就是我听到的一个英雄部落的心底誓言……

记住了蒙元兴盛时期的身世奇缘。从1207年起，成吉思汗长子术赤收服了"林木中的百姓"的又一部落——秃马惕。从此，这支与黄金家族的11世祖母阿阑豁阿流着相同血液、长年在贝加尔湖畔狩猎的能征善战的队伍，就开始了西征欧亚大陆、平定蒙古高原，灭金伐宋、驻守关隘的奔波生活。于是就有了战功显赫，有了部众壮大，有了声名远播，有了在"八白宫"奶祭颂词中唱出的"保卫阿尔泰山之北12道关口，成为大鹏之翼，成为系马之桩，成为长蛇布阵之后卫，成为回击犯敌之编师。入有所得，出有所携，高山之敖包，草原之丰碑，压后之殿军"的盛赞……还有了史书中"土默特"（蒙古语数词"万"的意思，与"秃马惕"同音异字）的尊贵名号；还有了繁衍为12个鄂托克（史称十二土默特）入主丰州大地的旌旗漫天……

记住了明元对峙年间的时势变幻。从1480年起，达延汗（元太祖15世孙）在满都海夫人的辅佐下，恢复了黄金家族权威的马上驰骋。于1509年统一了退居草原的蒙古各部，组成东部蒙古左右翼六万户，其中右翼三万户授予次子乌鲁斯博罗特济侬（副汗）统领。但右翼中的鄂尔多斯、永谢布贵族不甘受缚，击杀了济浓，挑起了草原上又一次战火。于是就有了巴尔斯博罗特（达延汗三子）重新执掌右翼三万户并任洛农、阿尔苏博罗特（达延汗四子）为土默特领主的划地分封；有了1517年达延汗年仅44岁的早逝；有了巴尔斯博罗特继承汗位两年后的病故；有了博迪（达延汗长子图鲁博罗特长子）1521年接任汗位奉为北元阿拉克汗的庆典……也有了1519年阿拉坦（巴尔斯罗伯特次子）分得土默特大部民众、衮必里克（巴尔斯博罗特长子）被封为鄂尔多斯部领主后获得兄弟支撑的强大实力；也有了几十年后土默特万户中"蒙古勒津"部扩疆拓土的辗转东迁……

记住了土默特部落的宏图大展。从1524年起，阿拉坦汗在巩固了土默特领主地位之后，又充分展示了自己的军事才能。他听从博迪阿拉克汗号令，与衮必里克共同参与了征讨东蒙古左翼兀良哈万户和西蒙古卫拉特部落以及进军青海等地的战争，屡建奇功，威名大振，得到了"索多汗"（次于北元大汗，意为神圣）称号，形成了自己强大的部落联盟。于是就有了1532年的4次发兵青海，平息鄂尔多斯、永谢布叛乱、收服当地土著部落的收获；有了1544年前后6次征讨兀良哈万户，使其从东蒙古六万户中消失，部众被其他五万户领主分拨为奴的平静；有了1557年开始的4次远征西蒙古卫拉特的大小战绩；有了1543年起连续9年向明朝示好遭拒引起的"庚戌之变"……又有了与西藏交往，恢复了中断200余年的联系，引入藏传佛教并在蒙古地区的广泛传播；又有了与明朝议和，结束了近200年仇视，开展互市贸易，带来边民安居、互通有无、人员往来、文化交流的太平局面……

记住了土默特大地的气象万千。从1571年起，阿拉坦汗接受明朝册封的"顺义王"称号后，改称"大明金国"，进一步增强了自己"土谢图彻辰汗"威望和右翼三万户领主地位。于1572年开始修建草原上第一座名城呼和浩特，4年后完工。于1578年率8万户部众赴青海与格鲁派领袖索南嘉措（阿拉坦汗赠封"达赖喇嘛"，称三世）会晤。于1581年前后颁布《阿拉坦汗法典》。于是就有了边疆城镇经济和"板升文化"的兴起,有了藏传佛教的盛行,有了大量汉民涌入和农牧业的繁荣,有了内地纺织、制造和雪域高原绘画、医药等行业的争奇斗艳……更有了巾帼英雄三娘子(阿拉坦汗夫人,名乌延楚,明朝封为"忠顺夫人")以及后任"顺义王"的传奇故事;更有了辛爱黄台吉(阿拉坦汗长子,东土默特领主,继阿拉坦汗位)及其子孙经略东土默特的长幅画卷……

还要记住后金崛起和清朝建立的星移斗转。那 1582 年阿拉坦汗病逝后"顺义王"嗣封的明争暗斗,"板升之战"的内部消耗,带来了蒙古右翼三万户势力的逐渐衰弱;那 1588 年达赖三世圆寂前亲定了转世灵童,云丹嘉措(1589 年出生,阿拉坦孙松布尔台吉之子)继为四世达赖喇嘛,维持了长久的蒙藏友好关系和黄教的正统大权;那 1626 年起林丹汗(达延汗第 7 代世孙)为重振蒙古雄风,推崇红教,先后与科尔沁、内喀尔喀诸部、东土默特部落和蒙古右翼三万户同室操戈,导致了北元于 1635 年的消亡;那 1616 年起努尔哈赤统一女真各部,建立金国(史称后金),利用蒙古各部矛盾,采取拉拢联姻手段结盟,于 1635 年在东土默特设置右翼和左翼札萨克旗,隶属卓索图盟,于 1638 年在西土默特编制右翼和左翼都统旗,直属清廷管理,画地为限。这样就加速了蒙古各部力量的肢解,也留下了土默特万户势力的终生感叹……

更要记住民国动荡和新中国缔造过程的沧海桑田。那1911年辛亥革命的爆发，1919年五四运动的浪潮，1921年中国共产党成立的惊雷，唤醒了土默川劳苦大众和有志青年的觉醒，涌现了荣耀先、多松年、李裕智、乌兰夫等一大批蒙古族革命先驱；那1931年九一八事变的炮火，1937年七七事变的硝烟，1938年大青山抗日游击队的号角，激起了土默川各族儿女保家卫国的豪情，锻造出奔赴延安、走向疆场的100多名优秀战士的忠心赤胆；那1946年进行的解放战争，1947年诞生的内蒙古自治政府，1949年屹立的中华人民共和国，坚定了土默川父老乡亲紧跟中国共产党的决心；那1978年实行的改革开放，新世纪迈出的建设小康社会的步伐，党的十八大以来描绘的振兴中华的蓝图，更加掀开了土默川大地的崭新史篇。这样就告慰了祖先英灵，也编织了家乡四野的地绿天蓝……

是啊，这就是我发自内心的真诚寄语，这就是我挥泪如雨的美好祝愿……

题注：近日又一次认真细读了《土默特史》，感触很多，对"怀古思今""抚今追昔"的词意有了更深的理解。是啊，土默特是蒙古民族中的一个古老英雄的部落，它的形成、发展、壮大、历史贡献，以至于衰微自有诸多的主客观原因，是时代发展进程中的必然现象。这些是非曲直应该由历史学家们去研究评判。我的感触主要在于血脉传承、文化自信等方面，尤其是重视教育这一点。想起了这里从 1571 年起就与明朝开展了互市贸易，就兴起了"板升文化"，就有了中原地区先进思潮的涌入，就有了传统教育与官学、学堂、寺庙等教育方式的结合，自然就令人生起"这里的文化教育底蕴深厚"的感佩了。同时也想到了这里如今的文化教育情况，不仅重视先进文化和先进教育理念及教学内容的传播，还十分重视本民族语言文字的学习传承。这一点从内蒙古的土默特左旗、土默特右旗及周边旗县，从辽宁省的阜新蒙古族自治县以及朝阳，北票地区的教育发展水平即可看到。满足了广大蒙古族群众学习传承本民族优秀文化的强烈愿望，促进了社会和谐、文化交流，更彰显了党的民族政策的光辉伟大。有感于此，写下了这篇《寄语土默特》，一是向土默特各族父老乡亲、广大教师和学生表示敬意，二是表达我的真诚祝福之情……

2022 年 12 月 6 日

举目南方

　　翻过了苍莽秦岭，跨过了浩荡淮河，多想看一眼青砖蓝瓦中的穹庐幻影，多想听一声丝竹管弦外的天籁余音……于是我来了，脚踏中华龙脉山峰的祥云，身披神州风水河川的气韵，开始了这一路心随意往的追寻……

　　这样的追寻，是为着亲近血脉相连的同族兄弟，是为着了解中华大家庭中的成员——散居在南方的蒙古族及后裔子孙。记得从 1206 年蒙古帝国兴起，到 1368 年元朝统治瓦解，这些人在 160 多年的时间里，或因征战驻守，或因维护政权，已经融入了当地的风土人情，变成了权臣小吏。更记得从 1351 年红巾军起义，到 1644 年明朝灭亡，这些人在 290 多年的时间里，或因惧祸避仇，或因北归无望，选择了隐姓埋名的生活，流落为平民……直到新中国建立，国家从 1953 年起开展人口普查和民族识别工作，这些人终于有了恢复民族成分、厘清血缘关系的机会。据统计，目前散居中国的蒙古族及后裔有 180 多万人，仍在使用的汉族姓氏有 80 多个。他们与当地各族人民和睦相处，共同建设家园，涌现了一批批杰出人物，谱写了一曲曲民族团结的颂歌……这一切，正是党的民族政策伟大和社会主义优越性的充分体现啊……

这里是"九州腹地"的河南。全省土地面积 16.7 万平方公里，总人口 9870 多万。有 55 个少数民族，人口约 115 万。其中蒙古族约 6.35 万人，主要集中在南阳、洛阳、驻马店市的县镇乡村。元朝时曾设河南江北行省管辖。这里是元末明初蒙古皇亲贵胄向南逃散的主要通道。

王姓蒙古族，考证为元世祖忽必烈第九子镇南王脱欢家族的后人，繁衍近 6 万人（全国散居的王姓蒙古族及后裔近 10 万人），主要居住在南阳市的 100 多个村庄中。

李姓蒙古族，考证为元太祖成吉思汗四杰之一木华黎家族的后人，已繁衍 30 多代，改李姓后 23 代，人口近 1.5 万，主要集中在洛阳市和南阳市。

另有安阳忽姓蒙古族及后裔，是忽必烈第 10 子忽都鲁帖木儿王的后人；驻马店市梁姓蒙古族及后裔，是忽必烈第 5 子忽哥赤之子也先帖木儿的后人；还有郭、申、黄、马等姓氏的蒙古族及后裔分散在河南各地……

这里是"八闽玲珑"的福建。全省地域面积 12.4 万平方公里，海域面积 13.6 万平方公里，总人口 4180 多万。有

54个少数民族，人口约58.4万。其中蒙古族6100多人，主要集中在泉州市和福州市。1278年福建全境纳入元朝版图，曾设行中书省、行尚书省管理。

出姓蒙古族，考证为木华黎8世孙纳哈出的后人，主要集中在泉州市泉港区，约2200多人。1985年1月5日当地政府为隐居山林520多年的出姓群众恢复了蒙古族身份。

干姓蒙古族，考证为明朝蒙古族将军八秃帖木儿的后人，主要集中在泉州石狮市，永宁镇现有80多人，大多数已迁往东南沿海地区及国外。

萨姓蒙古族，考证为元代著名诗人和画家萨都剌的后人。萨姓是元朝皇帝为思兰不花家族第3世孙所赐。1333年萨都剌弟萨野芝之子萨仲礼中进士被派往福建任职，定居福州通贤坊，到2007年已传22世。萨氏家族在600多年古旧光阴里共培养9位进士、40多名举人和10多位诗人；近当代史上又有6位将军、12位博士和几十位学者，是福建历史上当之无愧的名门望族……

从这里望去，广东省有蒙古族20669人，其中沙姓蒙古族及后裔近2万人。一支住河源市龙川县，近6000人，部分迁往江西省及周边地区，为元朝达鲁花赤（掌印官）阿里沙的后人。目前迁往江西吉安市泰和县的沙姓几十人已恢复了蒙古族身份。另一支住阳江市，有5600多人，部分迁往湖南、湖北等地，为元朝镇国将军沙布丁的后人……江西省有蒙古族10691人，无锡市有李姓蒙古族及后裔，为成吉思汗女婿嘉那的后人；镇江市有清代蒙古八旗军后人，有敖、何、王、李、付等姓氏……湖南省有蒙古族 15869 人，其中沙姓 3760 多人，为沙布丁后人，1981 年已为张家界桑植县的 400 多沙姓群众恢复了蒙古族身份……湖北省有蒙古族 10887 人，恩施市鹤峰县有部姓蒙古族及后裔，2002 年成立三家台蒙古族村，有部姓 605 人，为忽必烈第 9 子脱欢曾孙大圣奴后人；黄冈市红安县有王姓蒙古族及后裔近 1 万人，为元末显贵也先不花后人；荆州洪湖市有陆姓蒙古族及后裔，为成吉思汗第 4 子拖雷之子阿里不阿的后人……

这里是有"天府之国"之称的四川。全省土地面积 48.6 万平方公里，总人口 8370 多万。有 55 个少数民族，人口约 568.8 万。其中蒙古族 42300 多人，主要集中在成都市、凉山彝族自治州。在凉山州的盐源县设有大坡、沿海蒙古族乡，木里县设有屋角、项角蒙古族乡。元朝初期隶属于陕西等处行省管辖。

余姓蒙古族，考证为成吉思汗第 3 子窝阔台的 4 世孙南平王秃鲁（又名铁木健）的后人。秃鲁育有 9 子 1 女，于 1356 年左右为避红巾军战乱，从湖广行省的麻城县辗转进入四川境内的泸县。经家族商议，决定改从汉姓，改"铁"为"余"。为确保日后相认，10 兄妹撮土焚香，朝北而拜，立诗为证，分散隐居。这样就有了余姓的 26 个支脉（9 子妻子 25 人，加上女婿余伯锡）。据不完全统计，在四川、重庆、贵州、云南及全国其他地区的余姓蒙古族及后裔人口约在 120 万以上。

俞姓蒙古族，考证为忽必烈平大理和元朝统一中国后在西昌地区留下的蒙古驻军后裔，分布在西昌一带，有 3000 多人；另在凉山、攀枝花留有部分曾在当地世袭官职的蒙古族及后裔……

从这里再望，重庆市有蒙古族 5688 人，其中住彭水苗族土家族自治县的蒙古族及后裔近 2000 人，主要有谭、张二姓，与余姓同宗，1982 年当地政府为 256 人恢复了蒙古族身份……贵州省有蒙古族 4.16 万人，明末清初进入贵州，以余姓为主，集中在毕节市大方县、黔西县、金沙县、铜仁县等地，1985 年 7 月当地政府为大方县的余姓群众恢复了蒙古族身份……云南省有蒙古族 28110 人，主要居住在玉溪市通海县周边，设有兴蒙蒙古族乡，通用喀卓语（蒙古语与当地白、苗、彝族语言混合的语言），以旃、官、华为姓，祖先为 13 世纪征战云南的蒙古族官兵后人，现有 13000 多人；另在昆明及全省其他地区分散住有火、伍、汤、杨、董、包等 40 多个姓氏的蒙古族及后裔近 2 万人……

这里是物华天宝、人杰地灵的南方大地。举目四望，想到了时光穿梭，想到了岁月无垠，想到了各民族共同开拓的辽阔疆土，想到了各民族共同创造的中华文明……瞬间，我的眼前走来了一个个南方水土养育的蒙古族优秀儿女：

　　世界知名的地质学家李四光（1889—1971 年，原名李仲揆，湖北黄冈人）；国学大师梁漱溟（1893—1988 年，原籍广西桂林，生于北京）；人民哲学家艾思奇（1910—1966年，原名李生萱，云南腾冲人）；飞机设计制造专家巴玉藻（1892—1929 年，江苏镇江人）；文化名人萨空了（1907—1988 年，四川成都人）；中国化学界泰斗杨石先（1897—1985 年，中科院院士，南开大学教授、校长，原籍安徽，生于浙江杭州）；著名物理学家萨本栋（1902—1949 年，福建福州人。同族杰出代表：化学家萨本铁、海军女科学家萨本茂、稀贵金属专家萨本嘉，高速齿轮和轴承专家萨本佶等）；共和国将军王近山（1915—1978 年，1955 年被授予中将军衔，湖北省黄冈市红安县人）；王建安（1907—1980年，1956 年被授予上将军衔，湖北省黄冈市红安县人）；著名电影编剧及作家李准（1928—2000 年，河南省洛阳市麻屯镇下屯村人）……

　　就是这样的一路追寻，就是这样的满怀欢欣。举目南方，仿佛看见了隐在深山幽谷中的牧野炊烟，仿佛听到了飘在激流小溪上的草原歌吟……

　　题注：2018 年应邀参加了自治区政协主持的《蒙古族百年实录》编辑工作。从来自全国各地的浩瀚书稿中读到了很多感人肺腑的文字，了解到散居全国各地蒙古族同胞的家史及变迁故事，令人心生感触。结合自己因为工作关系多年来走访过的人和事，更加有了表达某种情感的意愿和冲动。于是最近一段时间开始细读史书，翻阅资料，查对日记，整理思绪，终于在这待"阳"的日子里，写下这篇《举目南方》，当是一种惊叹与敬佩心情的表达吧……

2022 年 12 月 20 日

放眼西北

　　从兴安岭蜿蜒的丛林小路向西穿行，从贺兰山崎岖的磐石古道向北辗转。忘不了河西走廊摇响的清脆驼铃，忘不了瀚海戈壁升腾的孤傲炊烟；忘不了祁连山脉飘荡的吉祥云朵，忘不了昆仑雪峰飞舞的五彩灵幡……

　　这里记录过时代前行的匆忙脚步，记录过星移斗转的世事变迁。那西安城郭里 13 朝古都的兴衰印迹，那楼兰古堡外 36 个城邦的云消雾散；那西海周边羌人部落的耕田务农，那黄河两岸北魏伏兵的冲杀呐喊；那慕容鲜卑建起吐谷浑政权的气势宏大，那松赞干布统驭青藏高原的雄鹰翅展；那西夏诸王与辽宋周旋形成的三足鼎立，那蒙元帝国为天下太平筑牢的一统江山……

　　这里收藏过岁月交替的春光秋色，收藏过流芳千古的雄浑画卷。那张骞出使西域成就的丝路畅通，那文成公主和亲缔结的汉藏良缘；那坎儿井发掘闪耀的先民智慧，那莫高窟

开凿传颂的佛法无边；那西夏陵肃立诉说的无言故事，那塔尔寺金顶展示的惊世奇观；那渥巴锡率部东归谱写的爱国恋家的英雄赞歌，那三江源清澈长流吟诵的民族团结的绚丽诗篇……

记住了青海世居的 10 万多"高原蒙古人"，记住了这里 72.23 万平方公里土地的天高云淡。从 1227 年成吉思汗率兵的第一次踏入，到 1260 年忽必烈"郡县其地"的设司管理；从 1360 年元廷皇族的仓皇北撤，到 1725 年清政府划盟编旗的强化统治，这里先后有了进攻四川云南、征讨吐蕃、镇守西宁的军马留驻，先后有了东蒙古弘吉剌、巴尔虎，右翼万户鄂尔多斯、永谢布，西蒙古和硕特、土尔扈特部落的游牧盘桓……于是就有了新中国建立的海西蒙古族藏族自治州、河南蒙古族自治县、哈勒景和皇城蒙古族乡的定居区域，就有了与全省 590 多万汉、藏、回、土、撒拉等各民族的亲密关系，就有了守护"中华水塔"的历史责任，就有了齐心装扮"天河""玉塞"的霞光无限……

记住了甘肃世居的 1.6 万多"雪山蒙古人"，记住了这里 42.58 万平方公里土地的谷深河宽。从 1276 年的正式纳入元朝版图，到 1557 年的北元四征卫拉特；从 1637 年固实汗建立和硕特汗国，到 1723 年清朝平定罗卜藏丹津起事，这里先后有了巴图孟克、阿拉坦、林丹汗的征伐驻守，先后有了辉特部、喀尔喀部、台吉乃尔部百姓的迁徙避难……于是就有了新中国建立的肃北蒙古族自治县、平山湖和白银蒙古族乡的安逸住地，就有了与全省 2490 多万汉、藏、回、东乡、裕固等各民族的兄弟情谊，就有了巡防 66 公里中蒙边境线的无畏担当，就有了携手描绘"金城""陆都"的秘境悠远……

记住了新疆世居的 18 万多屯田戍边的蒙古族同胞，记住了这里 166.49 万平方公里土地的草绿湖蓝。从 1219 年成吉思汗第一次西征时的誓师进驻，到 1251 年蒙哥汗控制天山南北的设置机构；从 1310 年元武宗的再控西域，到 1884 年清朝光绪年间的恢复建省。这里先后有了窝阔台、察合台、准噶尔等汗国属民的冬去春来，先后有了明清时期屯田聚集、渥巴锡东归安置、察哈尔移民戍边的生息繁衍……于是就有了新中国建立的巴音郭楞蒙古自治州、博尔塔拉蒙古自治州、和布克赛尔蒙古自治县和 10 个蒙古族乡的心仪牧场，就有了与全区 2580 多万汉、维吾尔、哈萨克、锡伯、满等各民族的和睦相处，就有了稳固 5600 多公里边境线的神圣使命，就有了共同铺展"亚欧大陆腹地""古代丝绸之路"的红霞漫天……

记住了 300 多万平方公里西北大地的钟灵毓秀，记住了 9000 多万西北各族儿女的淳朴笑颜。多想在柴达木盆地拢

起篝火，多想在党河峡谷唱响牧歌，多想在布鲁克草原纵马驰骋，多想在赛里木湖畔高举银盏……多想看看河曲马场上苍鹰、金雕的盘飞，多想看看马鬃山下野骆驼、北山羊的跳窜；多想听听和布克赛尔传承《江格尔》史诗的校园晨读，多想听听喀纳斯夜晚吹奏"楚吾尔"古乐的天籁回旋……

是啊，这就是我印象里的西北大地！这就是我眼中的壮阔家园……

题注：近日翻阅了从 2004 年起分别数次到新疆、青海、甘肃等地考察学习的工作日记，也翻阅了关于当地风土人情和历史文化的书籍资料，不禁勾起了令我心绪难平的回忆。是啊，这里一所所学校的校容环境，一个个结识过的校长、教师和朋友们的质朴面庞，都会清晰地跳到眼前。他们教书育人的执着态度、传承民族文化的责任担当、乐于清贫的奉献精神深深感动、教育了我。尤其是了解到这里蒙古族同胞的历史过往、生活现状、内心企盼、目标追求，更是让我心潮难平……想到了先辈们开疆拓土的功绩，想到了 1762年、1764 年察哈尔部落分两批赴新疆守边驻防的艰辛，想到了 1771 年土尔扈特部落 8 万多人泣血东归回到伊犁河畔的壮举，想到了这些父老兄弟与当地各族人民建立的亲密关系……也想到了内蒙古在加强八省区民族教育协助等方面的历史责任，想到了每年为 3 个省区教师开展的教学培训，想到了这些教师高涨的学习热情……于是写下这篇《放眼西北》，算是对心头挂念的朋友们的祝福吧……

2022 年 12 月 25 日

思 恋 篇

——心里有光，你就是自己的太阳；
眼中有爱，你就是自己的诗和远方……

注：

　　《回忆父亲》《献给母亲的百日祭文》《大哥，你要走好》《永远的那达慕》为维良所作。

　　《父亲走了》《公爹印象》《母亲去世后的第一个春节》《在记忆中品尝》《带着小姑子回娘家》《难忘的人和事——聪明的"猴子哥"》《难忘的人和事——夜色中的护送》《难忘的人和事——长长的书单》《写给女儿的信——体会"宝贝"的含义》《写给女儿的信——感受"牵挂"和"思念"的力量》《写给女儿的信——谈谈对"成功"的理解》《真情是这样流露的》《感动是由心而生的》《爱恋的这片土地》为小飞所作。

回忆父亲

突然间感到了心头的沉重，我平静了没有多久的心情又激荡起伏了。真是应了那句"每逢佳节倍思亲"的老话吗？瞬间，一张张熟悉又遥远的面庞展现在眼前了，一段段模糊又真切的往事浮现在脑海了……

今天是21世纪的第一个团圆节，又是21世纪的第一个国庆节。在这样一个沉甸甸的日子里，难怪我的身子会惊颤，更难怪我的心境会脆弱如丝呢！

看着妻子正忙碌着往餐桌上摆放水果、点心，还有丰盛的佳肴；看着7岁的小女儿一边旋转着自编的舞步，一边精心地为自己的短辫扎着绳结，我却不知该做点儿什么……

就这样过去了很长时间，听到了妻子略带嗔怒的声音后，我才从沉思中惊醒。小女儿已经在餐桌上摆好了碗筷，还特意多备了几副，也为我的酒杯里斟满了朋友送的取"集宇宙之精华，采大地之灵气"美意的奥醇酒，我的心境平和多了。

全家3口人坐下来。在小女儿的倡导下，我和妻子一起喝下了第一杯团聚酒。无意间，我的目光落在了那几副空荡荡的碗筷、酒杯上，明白这是妻子专门安排的，目的是让我们的女儿心里永远记念着亲人。最早只是为她未见过面的爷爷、姥爷，去年多了一副大爷的，今年又多了一副奶奶的。我的目光未及收回，又与妻子的目光相遇了，我们默然无语。

"祝爸爸、妈妈节日快乐！"

还是小女儿乖巧，似乎看懂了我们的心思，急忙凑趣。于是，我们喝下了第二杯、第三杯……家里的气氛活跃起来了。之后，便是小女儿缠着要我们讲关于爷爷、姥爷的故事……

爷爷的故事是怎样的呢？我禁不住陷入了沉思……

我父亲是个很平常的人，经历过他那个年代发生过的大多数事情。他于1945年随着攻打日本侵略者的苏联红军参加了革命。之后参加过东北的剿匪战役和解放战争，做过军需工作，也搞过营建，历任过侦查参谋、作训参谋，等等。1954年父亲从内蒙古军区转业到了察哈尔盟，之后在锡盟建设局、物资局等单位工作。他曾胸前挂着"大土匪"的牌子被游斗过；挖肃运动中被当成"内人党"分子关进了黑屋；也因有过激言论被监督劳动，在冰冷的冬天挖井填沟；解除监管后带全家到农村插队落户，后又回到了原单位工作。之后便是20年前的11月23日因积劳成疾突然病逝。父亲有过枪林弹雨的拼杀，却非常幸运地没有受过伤；父亲有过和平时期的坎坷命运，非常悲苦地错过应有的待遇，如"落实政策"带来的改善住房、提高薪金、安排子女就业等；父亲接受过在当时算是很好的教育，文化功底深，虽然只有高小学历，但文章写得很流畅，还能熟练地讲蒙古语、达斡尔语、日语和俄语，但依然没有得到过重用。尽管如此，父亲却从未抱怨过。

给我印象最深的是，父亲对我们的母亲很好，从未向她发过脾气；对6个孩子也很疼爱，从未向我们举过拳头甚至动过怒。父亲的感情脆弱，尤其是他的中年之后，我们的家境一天天好起来，他的泪水反而愈多了。也许这正是父亲责任心强、责任感重的一种表现吧……

姥爷的故事又是怎样的呢？关于这一点，我多少有些尴尬。因为我与妻子结婚刚刚1年多，他便猝然病逝了。虽然断断续续听过妻子的回忆，但记忆总是串不起来，也成不了故事。这是我很愧对女儿的。

其实，妻子的父亲与我父亲的经历大体还是相仿的。他家境贫寒，苦大仇深，20世纪40年代初即在抗战的烽火中参加了革命，参加过解放战争，也参加了抗美援朝，身经百战，屡建战功，任到营职干部即从南方都市转业到了北大荒，并在当时的喜桂图旗安家立业，拉扯了5个儿女，之后便是离休，安度晚年。出人意料的是，他在身体还十分硬朗的情形下突然因脑出血于1988年9月12日故去了。

妻子的父亲给我这个只见过两面的女婿留下的印象是：他寡言少语，但性格刚直；他争强好胜，但心细如丝。我对妻子的父亲记忆最深的一幕是：他那么认真地陪老伴儿下军棋，眼看要赢了，却鬼使神差般地输掉了，之后便是笑哈哈地站起身，心甘情愿地到厨房里烧水做饭……

面对着女儿渴求的眼神，面对着妻子怅然的神色，面对着窗外如水的月光，面对着我们一家人身处的温暖小屋，回忆过关于父亲的片段故事，我禁不住默默地想：母亲给我们以血脉，能使我们吸纳大自然中的风火雷电，能使我们吞咽生活中的酸甜苦辣；父亲给我们以筋骨，教会我们的不仅仅是磐石的坚硬、山峰的挺拔。更重要的是，父亲教会了我们掌握一种蓄势待发的耐力。这种耐力就是：默默地咀嚼人生，默默地品味生活……

2001 年 10 月 1 日

献给母亲的百日祭文

这是一个儿子长流了百日的眼泪凝结成的一束洁白小花。在这炎热的夏季，我精心捧起它，带着满怀的凄凉与忧伤，更带着心底泉水涌出般滋长的思念和敬意，轻轻献在慈母的灵前。

记得那是 20 年前的一个寒冷的冬日。备受敬重的父亲带着满身疲惫，也带着十年动乱留下的交瘁心力和平反复出后的喜悦，在经历了几个月的差旅劳顿之后返家的第二天，竟在午休时心脏病突发离我们而去了。家里的一半天塌下了，我们兄妹 6 人吓呆了！当时，大哥正在一家大集体性质的建筑公司做瓦工，我正在读大学二年级，三弟在边防部队服役，大妹、四弟尚在读书，小妹刚刚 4 岁……面对着悲痛与贫困，当时只有 49 岁的您，毅然挑起了照顾、抚养 6 个孩子的重担，拭干眼泪，咬紧牙关，凭着您 16 岁参军，在解放战争的炮火中锻炼出的勇气和坚强，带着我们一步步走过来了。那是一段怎样的风风雨雨、坎坎坷坷的日子啊……

更记得那是 1 年前的一个燥热的夏夜。您最疼爱的长子，一个酷爱读书，忠厚、勤劳、内向、胆小的人，刚刚步入 45 岁年龄，竟然没能抵御住下岗失业、婚变离异的双重磨难猝然病逝了！当时，我们兄妹 5 人默默地忍受住悲痛，真担心您经不起这样重的打击，跪拜着祈求苍天的保佑。而您呢，此刻却考虑起我们兄妹之间的手足之情，怕我们会被巨大的哀痛压垮，泪花只在眼角一闪便消失了……那时，我站在您的面前，不敢多看一眼您满脸的皱纹和满头的花发，但心里却能想象得出，您的胸间正激荡着什么样的苦涩波澜呢……

还记得那是 30 多年前甚至是更遥远的日子里发生的一些又悲又喜的事情。游街批斗、劳动改造正折磨着父亲的身躯和意志，饥饿和恐惧也折磨着您和我们的心灵。您心酸地摸搓着每月十几元的生活费，既考虑着我们吃饱、穿暖、求学等一系列事情，又想着我们的父亲永远也不愿割舍的二两老白干的问题。于是，您在冬日冰冷的水盆里搓起了一家家旅店换下的被罩床单，一个月换来几元钱；又在炎热的太阳底下挖土、和泥，卖万数块坯才挣下十几元人民币；还在昏暗的月下一锤锤砸着修路的碎石，用满手的鲜血换来我们的学杂费；更在春天的风沙中拾柴，在夏天的雨地里采蘑，用一深一浅的脚印踩出的汗水填饱了我们饥饿的肚子……您在举家被驱赶到农村落户的大卡车的颠簸中，抱紧三儿一女放声哭过；您在返城后艰难的日子里，因为又添了四弟和小妹心酸地笑过；您曾经因为做主为刚刚有了正式工作的大哥说下一个农村户口的媳妇自信过；也曾经因为我到艰苦的牧区上山下乡又几度拼搏考上了大学骄傲过；您曾经因为三弟和四弟放弃了升学机会去从军戍边而且建了功立了业自豪过；也曾经因为大妹和小妹都完成了财经类大专学业同时有了生存的本领欣慰过……这样多的让人悲喜交加的往事是每一位母亲的心怀都能装得下的吗……

永远记得 3 月 15 日这个料峭春寒的日子。肆虐的沙尘暴给家乡未及融化的洁白雪地罩上了一层厚重的暗黄色，也给我们的心头蒙上了浓浓的哀痛与悲苦。我们焦灼地守在您身边。听着您急促的呼吸，看着您紧闭的双眼，我们的心被撕扯着，煎煮着：妈妈呀，孩子们怎么就不能有回天的力量，让您老人家活到 99 岁？我们怎么就不能多享受一些天伦的乐趣，在您的膝下多尽几分孝心？您是一位伟大的乐于奉献的母亲，但却吞食过幼年丧父、中年丧夫、老年丧子的苦痛；您是一位平凡的饱经生活磨难的老人，但留给孩子和亲人们的却是用善良、正直、宽容、乐观铸造起的永远高耸的丰碑……从此，我们该用怎样的生活态度、怎样的人生追求去做好无愧于您的每一件事情呢……

今夜无月。烧完了纸钱的我挽着妻子的手牵着小女的衣襟默然无语。我们坐在沙发里沉思。忽然，女儿看见我的眼里涌出了泪水，急忙扑过来，也搂紧了她的妈妈。我的心头一颤，不由得想：一个完完整整、实实在在的家是多么温馨啊，做一个有着父母无限关爱的孩子是多么幸福啊……

这篇祭文不仅仅是一个儿子长流了百日的眼泪凝结成的一束洁白小花，我已经永远地把它深藏心间了……

2001 年 6 月 22 日

父亲走了

父亲走了，走得那样匆忙，没留下一句话，丢下相濡以沫的妻子和我们兄妹5人走了。这是1988年的9月12日，家里的日子刚刚有了好转，父亲没来得及松口气，更没来得及品尝刚刚好起来的生活，便突发脑出血走了。

那时的交通还不方便，通信条件也差，我和爱人乘坐两天半的火车从呼和浩特赶到家里时，父亲的追悼会已经开过了。大哥担心我们有意见，便急忙解释："大妹，爸的战友朋友同事多，家里院里到处都是人，天气冷了，大家没站处坐处的，追悼会只能不等你们了……"

不知怎的，我没有哭声和眼泪，可胸口却一直很痛，是那种从未有过的痛。我和爱人安慰了母亲后，便匆匆赶往父亲的陵墓祭奠。

望着父亲遗像中那慈祥的神态，内心的悲痛再也控制不住了，泪水夺眶而出。父亲的音容笑貌和往日的一幕幕，一股脑儿地在眼前快速闪动起来……

父亲出身很苦，他被划分为雇农身份，他总自称是无产者。他七八岁就成了孤儿，一路讨饭到了一户地主家进煤窑当长工，12岁逃出来参加了抗日队伍。他戎马一生，参加过数不清的战斗。抗美援朝结束回国不久，就转业支援北大荒建设，将自己的一生也将他的一大家子都留在了东北。

记得我们小的时候，兄妹5人都为有这样一位献身革命的父亲感到骄傲、自豪。他常常被邀请到学校工厂机关作忆苦思甜和革命传统教育的报告。战争时留下的纪念章、奖章能足足挂满他大半个前襟。平时，他是不允许我们翻他的那只皮箱的。只有到了休息日，我们缠着他讲战斗故事的时候，才可以大饱眼福。他的箱子里有两套军装、一件军大衣，还有军人证件、军帽、皮带、枪套、皮鞋、皮靴和一大包纪念章奖章……

每次我们想参观皮箱里的宝贝时，都会软磨硬泡到他同意，便立刻选自己最喜欢的那款穿上戴上，在他面前神气十足地走来晃去。记得一次照全家福，我们兄妹5个每人都挑选了一枚纪念章戴在胸前，神气得不得了。那张照片还在照相馆的橱窗里放了好长时间。那些年，家里虽然过得清贫，但却是我们一家人最幸福、最开心的日子……

父亲走了。他正直、清廉了一辈子，从没有利用自己的资历、地位等为家人谋取什么。那些年，我们都不太懂事，心里总有一丝埋怨。觉得他这个父亲当英雄合格，做党的好干部合格，但是当父亲不太合格，因为我们都没能沾上他的任何光。现在才真正明白了父亲的良苦用心。他曾对我们说过：要靠自己，干干净净做人，认认真真做事！他就是这样的人，所以去世时显得那么安详。

有时我也总在想：父亲真的没给我们留下什么吗？其实不然！他是没给自己的儿女们留下什么物质财富，但他留下了一部无字的书，这部书就是他用一生做人做事的经历写成的，这比留给我们什么都宝贵……

父亲走了。这让我们有了太多的感慨和遗憾：我们这些做儿女的没能在父亲健在时关注他的健康，没能抓住孝敬他的大把机会，没能真正从父亲讲述的那数以千计的故事中学到他的机智、勇敢、坚定，没能真正从父亲平凡的生活琐事中悟出做人做事的道理，没能……

父亲走了，已经走了整整30年了。他总让我想起父爱如山的含义，总让我想起大爱无言的道理。他还留下了太多让我思考、品味的东西，就像一面镜子，一直照着我让我不断地修正自己，尽可能渐渐完美起来……

2018 年 9 月 12 日

公爹印象

　　我结婚时公爹已经去世 5 年多了，没有公爹祝福的婚礼，觉得缺少了许多。

　　从公爹的一些照片中，我试图认识他，了解他。看得出，他是一个英俊又智慧的人，爱人的外形很像公爹。婆婆生前也这么说起过，"6 个孩子中，老二（指我爱人）最像他爸"。我深知，婆婆所说的像不单单指外形，更多的是指他们的性格及做人做事的行为。

　　听爱人讲，公爹戎马一生，参加过解放战争和抗美援朝，与我父亲的经历很相似。他们都是耿直一生，认认真真做人，兢兢业业做事。转业到地方后，公爹一直在锡林郭勒盟物资管理部门工作，直到去世。

　　那些年，家家都不宽裕，何况是 8 口之家。6 个儿女对公爹来说意味着什么便可想而知了，但听爱人说，公爹从来没让他们饿过肚子，不论是下乡到基层还是出差到外地，他总能带回些吃的用的贴补家里。每次公爹刚一出门，兄妹 6 个就开始盼着爸爸快点回来，因为爸爸一回来，他们不仅能尝到好吃的，还能得到一些别的小伙伴没用过的学习用品。而公爹呢，一颗咸鸡蛋、二两散装老白干，儿女缠膝，笑眯眯的样子，沉浸在天伦之乐中。爱人说，一颗咸鸡蛋本来就不大，但公爹总想给这个一小口，给那个一筷头，然后他才肯吃。看得出公爹是多么热爱生活，多么爱护妻儿；也看得出他是多么知足常乐，多么和蔼可亲。

照片上的公爹没有蹬皮靴、骑战马、挥战刀的潇洒神气，但我看得出，在他平和、沉稳的神态后面，是满满的男人的意志、男人的责任、男人的包容、男人的细腻和男人的大爱之心……

已经过去 30 多年了，但我总在幻想，如果公爹还在世那该是什么样的情景呢？会和他的 4 个儿子一起用筷子抠着咸鸡蛋夹着花生米对饮吗？会和他的两个宝贝女儿一起逛商场吗？会和他的孙子孙女们一起老顽童般地做鬼脸游戏吗？会假似一副威严却藏不住笑意地坐在沙发里看着眼前晃来晃去的家人们吗？会像所有老人一样在小区在公园悠闲自得地下棋散步吗？会的，一定会的！可这一切却不可能了。他的孩子们只有在记忆中思念他，而我也只有在爱人的叙说中或独自的想象中思念他——我的公爹。

2017 年 10 月

母亲去世后的第一个春节

　　2018 年的春节前夕，小妹小弟几乎同时抵达呼和浩特。一方面是来看他们的孩子，一方面……我从心里感到高兴，但同时也多了一分酸楚：今年的春节是个啥滋味呀……

　　母亲是 2017 年 11 月 14 日离我们而去的。送走母亲刚刚两个多月，兄妹 5 人都还沉浸在巨大的悲痛之中，这个年应该怎么过呢？

　　父亲去世早，母亲健在时，我自然是要千里迢迢奔赴母亲身边过年的。兄妹 5 人聚在母亲身边，吵闹也好，哭笑也罢，吃的穿的用的虽然普通简单，但一切都是甜甜的……可今年，我却要真正品味什么是苦涩的味道了。

　　为小妹小弟接风的那天中午，我清楚地记得自己复杂的心情：妈妈不在了，小妹小弟大老远来到我身边相聚，分明是把我这里当成家了……

　　当看到小妹小弟的一刹那，我们紧紧相拥着哭了。我禁不住喃喃着："老妹老弟来了……"满心的疼爱一股脑儿涌出，他们是没爸没妈的孩子了，他们是找我这个姐姐来了。

一时间，彼此的心是那么近，那么温暖。眼中的泪、脸上的笑融汇在一起了……

"好了！今天简单点，算是为你们接风。除夕带上孩子们一起到酒店过。初三来家里，想吃啥，让你姐做。"爱人举起酒杯打破沉闷的气氛，提了第一杯酒。

按照中国人的传统习俗，母亲去世后的第一个年是不张罗过的。但小妹小弟千里迢迢地到来，我和爱人总要尽可能营造一个家的气氛，让小妹小弟在这个年里能少点悲痛，多点温暖，再多点自然舒适的感觉就更好。

母亲去世后的第一个春节，虽然失去了原有的乐融融气氛和美滋滋味道，但也令我们有了许多新的感触和感动：亲情的那种牵挂和贴近，真的比年的味道更浓更甜！

2018 年 3 月

在记忆中品尝

记得第一次品尝炒米是 1973 年的冬季，在一位蒙古族的初中同学家里，学着同学的样子舀上一小勺泡进奶茶里，轻轻搅拌几下，喝起来觉得很香。我误认为炒米就是小米，只是米粒比小米大一些而已。惊奇小米还能有这么个吃法，可同学介绍说，炒米是蒙古族生活中的主要食品之一，很难搞到，是远方亲戚当宝贝一样特地寄过来的。

第二次品尝炒米是我上大学的时候，同宿舍有一位鄂温克族大姐，每个学期她都会带来一小布袋炒米。在学校没有条件煮制奶茶，她就把炒米拌上白糖，一小勺一小勺送到嘴里，慢慢嚼。我学着她的样子，嚼到腮帮子有些发麻，感觉炒米这样吃也很香。

毕业后不久，就认识了我爱人。他家是锡林浩特市的，那位还没见过面的准婆婆给我捎来了两只罐头瓶装的炒米，满满的，黄澄澄的，打开盖儿，一股浓浓香气直扑鼻孔。顿时，心中暖暖的、甜甜的，感到一位还未见过面的老人在疼爱着自己，感觉自己是那么幸福。

　　那时我住单身公寓，吃食堂，也没有条件煮制奶茶，于是就想起了炒米拌白糖的吃法，迫不及待地品尝起来。还是一小勺一小勺送到嘴里，慢慢嚼，越嚼越香，嚼到腮帮子有些发麻，那香味便深深地沁入心底了……

　　如今，婆婆离开我们已经7年多了。但每当自己为家人、为朋友煮制奶茶时，脑海中总要闪现婆婆捎来的那两瓶炒米，并习惯与现在的炒米作比较，总觉得现在的炒米赶不上婆婆捎来的那两瓶炒米香。爱人半开玩笑地说"你那是被婆婆下了迷魂药了"。后来才得知婆婆捎来的炒米香的原因，那是婆婆特意用奶油精心炒制过的。所以浓浓的香味自然让我忘不掉了。

　　我深知，此生无法再品尝到婆婆捎来的炒米了，那种香味只有在记忆中才能寻找到，而被婆婆疼爱的那种幸福感，也只有闭着眼睛在记忆中慢慢感受了……

　　　　　　　　　　　　　　　　　　　　2008年7月

大哥，你要走好

那是两年前的今天。我的脑子一片空白，沉重的心头像是压满了浸透着血丝的砺石。大哥走了，不知道是带着怎样的心思，怎样的期盼，怎样的遗憾走的……

此刻，我的脑海中又浮现了那一幕幕永远也不忍回忆的情景，眼前又显现了那一幕幕永远也消失不了的景象：一辆暗红色桑塔纳牌出租车赶了600多公里的长路"嘎"的一声停在了内蒙古医院的住院处门前。等待了许久的我，帮助妹夫、妹妹搀扶着已经瘦弱不已的你下了车，接着便做起了安排住院、办各种手续、检查、化验等一系列事情，紧接着就是我不安的猜测、家人的推断、专家的会诊，最后是给我们致命一击的结论：腺癌晚期……我不愿承认这样的事实！于是便开始奔走于各大医院，找遍了知名专家，但最终的结果还是一样的……

记得那天夜里，我守在你的病床边，依稀记起了你患病、治疗的整个过程：春节前几天，我们一家3口人回到锡林浩特与母亲和兄妹团聚，你高兴之余已有了感冒咳嗽的迹象。当时谁也没太在意，因为你在我们兄妹 6 人当中身体是最健壮的。然而 3 月、4 月过去了，你的咳嗽没有见好，且愈来愈烈了。紧跟着便开始发烧，到医院检查是感冒，打针、吃药仍不见效，然后做全面检查、住院，折腾了近一个月，仍诊断为感冒，后来诊断为胸膜炎。见你的病情没有多大好转，学医的妹夫拿着按胸膜炎治疗的化验结果跑到了北京的大医院，诊断结果令人震惊。家里人与我通了话，急急忙忙将你转院到了呼和浩特……

当时，我禁不住痛恨起当地医院为你诊治的几位庸医；接着愤恨起仍在手操着大权的当地的几位昏官，把地区治理得百业萧条，企业倒闭，大批企事业单位职工下岗，你就是下岗大军中的一员；也忍不住蔑视起与你为妻 18 年之久的那个无情无义的女人，竟然能在经济大潮的冲击下，做出违背做人原则的事情，不顾廉耻地把家产转移到了娘兄娘弟身上又挥霍殆尽，最终无颜面对丈夫，竟以夫妻感情不和为由提出离婚，在你流血的心上撒下了一层厚厚的盐面。这正是你患此绝症的重要原因——病由气生啊！

你是一个忠厚老实、做事专心、性情内向的人。你自幼酷爱读书，养成了勤劳、乐于助人的品格。随父亲插队到农村，你用稚嫩的手扶过犁，割过麦子，砍过山柴；回城后，初中毕业休了学，你去过离家百里远的深山打草，用 50 多天汗水、惊吓换回的百十元人民币补贴家用；用做临时工，磨面、和泥、砌砖抹瓦挣下的每月几十元钱帮父亲支撑了家计。你少言寡语，但内心世界却很丰富。你有过天真烂漫的童年、少年时代，享受过充沛的父母之爱，也品尝过丰盈的兄弟姊妹的手足之乐。在孩提和少年的时光中，你因为迷恋套鸟，揪马尾时被踢伤过，在雪地里守候战果被冻僵过；因为喜爱滑冰，摔裂了耻骨不敢吭声，磨烂了脚腕自咽泪水；你为了打好乒乓球，甩肿了胳膊，在做家务时摔碎了家里的铁锅受到了母亲的轻责；你为了能在伙伴间成为养鸽的领头人，从田间的鼠洞里掏回了几麻袋草籽和米粒，踩倒了郊区农场的庄稼受到了父亲的责罚……在青年和成年的日子里，你因为帮助朋友家盖一座像样儿的凉房，竟然不顾白天做临时工的劳累，磨一手血泡半夜归家，惹得母亲心痛地流下许多眼泪；你因为想做一名出色的瓦工，业余时间应邀帮助陌生人家砌火墙垒火炉，但因饮酒吸烟几次把父亲推到了怅然不语的窘境；你因为没能像一些同龄人一样找一份喜欢的正式工作自卑过不满过，但从未放下过手中的瓦刀灰铲；你因为终于有一天来到了物资部门工作坐进了办公室自豪过满足过，但从未流露出一丝骄躁，反而更加谦恭、更加勤快、更加性情温和处事诚恳了……

今天是大哥你两周年的祭日，在抚平了一段段往事织出的愁绪后，我宽释的心头又倏然似有所悟起来，是要向你告慰什么，还是苍天有眼，让我明白了你临走时脸上带着的那份心思、那种期盼、那丝遗憾呢？

　　是啊，人的一生固然短暂，每个人的生命不一定都能辉煌，但每一个人都需要认真做好的事情是：在善待了自己的父母、兄弟姊妹、亲朋好友的同时，更要善待自己，绝不让你的亲人因你的生命的脆弱过分地痛心伤感。因为在现实生活中，亲人们没有更多的精力再去背负额外的重担去前行了。

　　长我两岁的大哥走了，祝你一路走好啊！

2002 年 6 月 14 日

带着小姑子回娘家

我的小姑子是他们兄妹 6 人中最小的，比我爱人整整小 20 岁，比我小 19 岁，我们一直把她当孩子看。2000 年她大学毕业后，在呼和浩特有了工作，从此小姑子便留在了我们身边。这也是我们夫妻共同的想法，因为她最小，留在我们身边好照顾她。

婆婆去世后，我对她从心底更多了一份疼爱。她结婚前住单位公寓，每周六日一定要回来，我们为她做一桌好吃的饭菜，边吃边聊，询问一下单位的事情，再嘱咐上几句，然后便是姑姑和侄女的一番疯耍，简直就像一大一小的两个女儿，每每看着，我心里总有一丝丝的暖意……

几年后，到了小姑子谈婚论嫁的时候，我们便帮她物色了个军人对象。两人结婚后，常常分处两地，于是，还是按照老规矩，每周六日小姑子一定要回家来。

公爹和我父亲都去世早，婆婆去世后不久，爱人就对我说："把咱妈接过来吧，现在我们就这么一位老人了……"父亲去世后，我一直很惦念母亲，也有心把她接过来，现在爱人提出来了，这让我很感动。

　　母亲过来后，喜欢单独住，可她毕竟是 70 多岁的老人了，需要有人经常过去看看，照料一下。这样一来，每周六日小姑子来我家里的老规矩就被打破了，变成了要一起去我母亲那里。

　　记得第一次去我母亲家，小姑子推托单位有事不肯去，我知道她是不好意思。可小姑子不去，我心里便七上八下的，在母亲那儿坐不住，站不稳。母亲是个善良的老人，有一片慈爱之心。她看小姑子没来，也看出了我的心思，便下了一道命令：下次一定带她过来，别把她一人留在家，多可怜孤单呀。从此，我们家便有了一个新规矩：每周六日，我带着老公、女儿和小姑子回娘家。

　　母亲很亲小姑子，好吃的总要留给她，第一筷子菜总要夹给她，还常和小姑子说些悄悄话。小姑子呢，也常惦记着我母亲。她知道我母亲腿脚不好，一次不知从哪儿买回一双手工缝制的羊羔皮的拖鞋，漂亮又暖和。母亲高兴得都流了泪，嘴里直念叨说："真好，我又多了个女儿，多了个女儿……"

　　就这样，带着小姑子回娘家，成了我生命中的一段美好的回忆……生命就是这样又平淡又多彩啊！

2006 年 6 月

难忘的人和事

——聪明的“猴子哥”

无论时光怎样流逝，童年时的记忆总会忽隐忽现地跳出来，像牵着手那样带你一步步回到曾经的往事里……

记得那是 20 世纪 60 年代初期，我上小学前来到了外公外婆家。这是安徽省怀远县一个名叫吕浅的生产大队。外公被县商业部门派到这里做代销员。代销店被安置在大队部的两间空房里。外屋搭货架卖东西，里屋就是我们住的地方。

代销店开张的这一天，大队里的社员们，还有周围村子里的乡亲们纷纷赶来，有的凑喜庆，有的选针选线地买东西，热闹极了。外婆一直帮外公忙里忙外，顾不上给我做饭了。

只见一个八九岁瘦瘦的男孩子挤到柜台前，边吃着手里的红薯边好奇地张望。我盯着他手里的红薯在一点点变小，自己肚子咕咕的声音越来越响。

小男孩看了我一眼，知道我是新来的。一会儿，他像是明白了什么，急忙从口袋里掏出一块红薯递过来。我没有拒绝，接过红薯便狼吞虎咽起来。他冲我笑了，我也有些不好意思地笑了。

第二天一早，小男孩背着一只大箩筐来找我，后面跟了五六个年龄相仿的小伙伴。

"走，我们捡红薯去！"

我怯怯地看了一眼外公外婆，他们笑着点头同意了。我们一起喊叫着奔向村外的红薯地……

大家都叫小男孩"猴子哥"。听外公讲，"猴子哥"的爸爸是生产队队长，妈妈是县里有名的劳模。他们夫妻俩为生产队的事情整天忙碌，很少顾家。那时家家都很穷，但每个人的心里都想着生产队，都想着要颗粒归仓。所以收成过的田地要翻捡几遍，才允许孩子们去"拾荒"。

"猴子哥"是家中老大，除了学习还要照顾两个弟弟一个妹妹。他更是村里的孩子王，每天早晨和黄昏的时候，都要带着小伙伴们到地里捡麦穗、刨红薯、扒花生，还要到河沟里捉泥鳅，到麦场上扣麻雀，能耐可大了。小伙伴们都愿意跟着他，因为有他在，谁都不会空手而归，他会变戏法似的让每个小伙伴的箩筐里都有好东西……

那段时光，我都沉浸在快乐中。我学会了做很多事。像捡麦穗、刨红薯啦，像编箩筐、盘草帽啦，像淘米做饭、挑水洗衣啦，等等。虽然每天跟着"猴子哥"在田里乱跑，傍晚满身泥土回家，但外公外婆从不埋怨，还总是问"今天又学会什么啦？"。

那时候小，不懂得"择邻而居"、"近朱者赤"和"蓬生麻中，不扶而直"的道理，长大后才品出外公外婆的真正用意。

是啊，两位老人是想让我这个城市里来的小姑娘多学会一些生活的本领。学习农村孩子身上的淳朴善良，学习他们勤劳、助人为乐的品质，学习他们活泼开朗、热爱生活的态度……

现在想起来，我的心里还是暖暖的。这真要感谢当年的"猴子哥"，感谢那一年多农村生活给我留下的美好记忆……

2018 年 6 月

难忘的人和事

——夜色中的护送

每个人都有自己难忘的生活经历，但能留在记忆深处的，一定是真诚温暖的，像晨风送来的心旷神怡，像夜空留下的回味无穷……

我庆幸自己选对了最初的工作单位——牙克石市文工团。这是一个乌兰牧骑性质的文艺团体，演出任务重，常常在晚间散场。这样团里就有了不成文的规定：每次晚场演出结束，必须由两名男队员护送女队员安全回家，无论春夏秋冬，无论刮风下雨。被指派护送我的两名男士，都是团里的乐队骨干，一位擅长拉手风琴，另一位擅长打扬琴，队友们戏称他俩为"手风琴"和"扬琴手"。当时我们都是20多岁的年纪，一路上很谈得来，因此在近两年的工作接触和业余护送中结下了深厚的同事情谊……

那是从1979年的秋季开始的。家乡的小镇几乎没有路灯，每一次有他们二人护送的夜路，都似乎是明亮的，也是很短的。我从来没有因漆黑而担心的感觉。我们一路上有说有笑，有时候谈起演出时的小插曲，有时候谈下乡听来的趣闻，有时候也谈对未来生活的畅想，对工作条件改善的期盼……

两年后我上大学离开了文工团，离开了家乡小镇。毕业不久调入内蒙古广播电视台工作，做了一名编辑记者。这期间，"手风琴"和"扬琴手"也先后改了行，一位调到当地检察院，一位做了当地文化馆的馆长，都有了骄人的成就，也都有了美满的家庭。

虽然我们各自都进入了全新的工作领域，彼此间的交流少了，但一直还保持着同事加兄妹般的情谊和联系。尤其是我每次回家探亲，总要先同他们打个招呼报个到。我们相约在下班后的晚餐，海阔天空地畅谈过后，依然由他们二人护送我回家，仿佛要找回当年那快快乐乐的影子……

记得那是 2017 年的冬天，因母亲病危我赶回了家乡小镇。我没有通知同事、朋友、同学，只想静静地陪伴母亲弥留的每一天。10 多天过去了，在母亲的遗体告别仪式上，我猛然看到了许多熟悉的面孔，这里边就有"手风琴"和"扬琴手"！他们也看到了我，远远地站立着，满脸的沉痛，也有满脸的苍老……他们二人向我挥挥手，表示问候。这问候是真诚温暖的，也一定是发自内心深处的……

几天后的一个晚上，他们二人特意约了我小坐，也主动要求送我回家。还是那条熟悉的夜路，还是那变化不大的街景，但周围的气氛都变了。我们没有太多的话，只是默默地走着。离别时，他们二人几乎同时拍了拍我的肩膀，轻声道："希望你保重、坚强！还像从前那样，常回家看看……"

我的眼里已泛起了泪水，点点头，心头的暖意瞬间很浓很浓了……

这些年我很少回家乡小镇了。一方面是因为父母都不在世了，另一方面是得知他们二人也随子女去了外地。但我们还保持着联系。那种逢年过节的电话问候，那种遇到高兴事微信里的分享，总让人心里感到满足，感到惬意……

是啊，这就是我们那段难忘的生活经历，是留在记忆深处的。想起它，那种有人惦念、牵挂，有人呵护、关心的幸福感便瞬间充满心头了……

2020 年 7 月

难忘的人和事

——长长的书单

记忆是有色彩的。有的浓艳，总爱在喧闹处展露娇容；有的淡雅，只会在恬静时飘散芬芳……我的这片记忆，该是浓艳的，还是淡雅的呢？

记得那是 1980 年春季的一天，是个星期天。一位同事急匆匆找到了我家里，说盟里来了两位领导要见我，就在团长办公室等着呢。我听后一怔，满脸的疑惑，一头雾水。用现在的话形容，就是"蒙圈"啦……

我气喘吁吁地敲开团长办公室的门，两个 40 多岁领导模样的男人正和团长唠得火热。见我进来，团长站起身介绍……

"啊?！你就是……看你的作品，我还以为是个 40 多岁的男同志呢！"

"是啊，原来是个 20 出头的小姑娘啊！"

"哈哈哈……"

办公室里的气氛被一阵大笑声搞得活跃起来。大家入座后开始了轻松愉快的交流。

事后才知道，高处长和刘老师是专程过来找我这个小作者的。因为我的处女作，一篇名叫《会亲家》的小戏曲被盟里的文艺刊物发了头条，编辑部的同志联系不到我，无法寄发刊物。于是两位领导利用休息日，赶了一个多小时的路，通过询问市文化局才找到了我。他们一方面想了解作者的情况，另一方面想当面谈谈对作品的看法，更多的是想鼓励我认真创作，写出更多好的作品来。临别时，刘老师送了我几本刊物，还特意送了一份写有两页纸的书单给我。这可是让我意想不到，更是感动不已啊……

这是一份小小的书单吗？上面列出了《中国戏剧史》《元杂剧选注》《莎士比亚喜剧五种》等十几种必读书目，还介绍了老舍、曹禺、陈白尘等大家的经典剧作，还有苏联作家的一大串书名，包括长短篇小说、散文、诗歌等，有的我认真读过，有的还没有听说过……

这分明是一种嘱托和厚望啊！从此以后，我的生活又多了许多内容：跑书店，进图书馆，如饥似渴地读书，认认真真地写作……

想起了 40 多年前的那一次经历，想起了能遇见高处长和刘老师那样关心呵护文学青年的前辈，我感到了无比幸运。自己虽然不是什么千里马，但巧遇了平易近人的伯乐。虽然自己没能走专业作家这条路，但热爱文学、喜欢写作的心意是一生不改的。正是这份长长的书单，更加促使我养成

　　了制订阶段性读书学习计划，完成心之所向的写作任务的习惯。因此也有了如今自己还算满意的小小成就：做编辑记者在尽责尽力，坚持业余创作收获满满……

　　这也许就是我喜欢淡雅记忆，喜欢那缕沁人心脾的芬芳的缘故吧……

2019 年 8 月

写给女儿的信

——体会"宝贝"的含义

自从你到北京读高中，现在又进了大学校园的时候起，我们称呼你"宝贝"的机会和次数就越来越少了，原因之一是每一次呼喊后，都会多多少少看到你抗拒的眼神，同时也怕触动我们心底柔软脆弱的神经……

记得在你小的时候，"宝贝"这个称呼每天要从我们的嘴里和心头喊出十几遍、几十遍，尤其在你饿了、哭了、撒娇的时候，再就是你学会说话了、学会走路了、遇到难事了的时候。"宝贝乖，不哭了，多吃点！""宝贝就这样走过来，好呀，真勇敢！""宝贝不哭，站起来，坚强点！"……每一次的呼喊，带给你的都是满足、快乐、兴奋、亲近、信任、得意……这也许就是"宝贝"初级版的含义——滋养亲情的魔力。

当你走进幼儿园、上了小学、升了初中的时候，每一次接送时喊出的"宝贝"，都表达了不一样的关心。"宝贝，快过来，今天学了什么新儿歌？""宝贝，妈妈在这儿呢，累不累呀？饿了吧？回家吃好吃的喽！""宝贝女儿，今天又学新课了吧？老师留的作业多不多呀？没问题，我女儿最棒了！"……这段时间"宝贝"的含义又变了，不只是疼爱、关心，是看到了你的成长，更多的是鼓励、信任。这应该是"宝贝"升级版的含义——加深亲情的魅力。

随着年龄的增长，你有了小心思，有了小秘密，有了小情绪，有了小逆反，我们都看在眼里，急在心上。喊"宝贝"的时候轻声细语，关心询问的时候小心翼翼。"宝贝，发什么呆啊？遇到难事了吗？""宝贝，没关系，有爸爸妈妈呢！""宝贝，没问题，爸爸妈妈懂你的！"这时候"宝贝"的含义就变成了加密版——丰富亲情的引力。

现在，我们虽然离得很远，但相互惦念、牵挂的心是很近的。人们都说"父母在，家就在"，我们更认为"女儿好，家就好"。这绝不是什么虚话。想想这几年的境况吧，每一次接到你的电话，收到你的短信，看过你的视频，我们都会沉静很久，思索很久，想当面喊一声"宝贝"的心意更浓了。"宝贝，学习紧张吧？多注意身体呀！""宝贝，忙什么呢？怎么几天没你的消息啊？""宝贝，祝贺你英语过了六级！你的法语更没问题，咱女儿老厉害啦！"……这时候"宝贝"的含义又升格为高级版——增强亲情的动力。

以上唠叨了这么多，千万别烦啊。我们总结的"宝贝"的含义不一定准确、全面，但是用心体会出的。也许，等你毕业了、工作了、成家立业了，我们的大家庭添了新成员了，"宝贝"的含义就变成了快乐版——延续亲情的活力。我们共同期待着……

2016 年 3 月

写给女儿的信
——感受"牵挂"和"思念"的分量

　　不知道什么原因，刚刚回到呼和浩特的家里，满脑子又是你在北京生活、工作的身影了。"骑电动车上班要注意安全呀！""养一只猫咪多不卫生啊！""吃饭要注意营养搭配！""和同事相处要学会体谅信任"……你爸爸总说我神经过敏，瞎操心，还说我不怕脑瓜疼吗？你说我真的那么婆婆妈妈了吗？

　　这也许就是牵挂和思念无尽流露的缘故吧！说起牵挂，我很快就想到了你小时候的情景；你出生刚过 50 多天，妈妈的产假休完了，单位里的事堆成了小山；爸爸的工作更是忙，经常出差。奶奶看到家里是这种情况，决定把你接回老家带。我们怎么忍心啊，但拗不过奶奶的坚持……此后的一段时间里，我每天早晨起床的第一件事仍就是烧牛奶，然后灌到小奶瓶里，尝一下热度再倒出来……晚上一进家门，我就直奔到你睡过的小床边，嗅那熟悉亲切的味道……这样熬过了两年多，我实在忍受不了思念和牵挂的折磨了，执意要把你接回来，再忙再累也要陪着你慢慢成长……而说起思念，那更是在每晚的梦里、泪里泡浓的，也是在每一次的探望、分别，分别、再探望的痛苦中加深的。那可是人的生命中最难控制的情感啊！

思念像一条静静流淌的小溪，凉凉的，沁人心脾，而牵挂像一根无形的丝线，长长的，扯人心肺。想到如今的你，虽然已参加工作、步入社会，但在我们的眼里永远还是孩子，是那个眼睛亮亮的、爱说爱笑的，喊着要梳十几条小辫子的小宝贝；是那个生活自理能力强，学习成绩优秀，懂得体谅爸妈辛苦的女儿；是那个爱跳舞不喜欢弹钢琴，长大后总爱给妈妈使点小脸色，每次探亲两分钟就把家搞乱了的"奥特曼"……

说起来牵挂和思念，我的脑海里总会浮现你望着刚下飞机的我们的怯怯的、陌生的眼神，闪出你从远处跑过来扑进我们怀里的暖暖的瞬间，再现你蹲在爸爸睡觉的房间门口不让人打扰的一副"小卫士"的憨态……这都是人世间最宝贵的亲情使然啊！

今天与你探讨牵挂和思念的话题，似乎很突兀。其实不然，是因为我知道，我们在牵挂思念你的时候，你又何尝不在牵挂思念爸爸妈妈呢？你每一次电话里的问候，知道妈妈退休了，变老了；你每一次问询爸爸的情况，知道爸爸爱做家务了，与朋友出去喝酒的次数大大减少了，惊讶和笑声里透出了你的满足、你的幸福……这都是亲人间相互牵挂思念的真情流露啊！

是的，牵挂和思念是相互的，是需要某种方式传递的。接到了传递的讯息，我们彼此都幸福、都满足……思念让亲人们走多远都会回来，牵挂让亲人们的音容笑貌、衣食住行的近况如在眼前……这可能就是牵挂与思念的分量吧！

好了，又拉拉杂杂说了这么多。千万别学你爸爸笑话我是婆婆妈妈的，像一个啰唆的"大妈"哟……

2018 年 9 月

写给女儿的信

——谈谈对"成功"的理解

记得有一次我们正在看《感动中国》颁奖节目，你突然问：妈妈，一个人怎样做才算成功？成功有什么秘诀吗？一时间我很难回答，只能指着电视里的模范人物说：像他们一样，把一件事情做好了，做到了让大众认可就算成功。成功没什么秘诀，如果有的话，那就是不断学习、勤奋工作、坚持不懈……

可事后静心一想，觉得敷衍了你，今天有必要相互交流一下。关于成功的话题，还真不是一两句话就能说清楚的。所有人都希望自己的一生是成功的，但真正成功的人又有多少呢？不论"二八定律"，还是"三七定律"，都道出了成功的不易，也道出了成功的凤毛麟角。更多的人终归要平淡一生。

但平淡一生有什么不好呢？平淡不等于不成功，名噪一时也不代表就是成功，这样的例子很多。有的人觉得家庭幸福，兄弟和睦，父母健康就是成功，这没什么不对；有的人觉得工作顺心，事业小成，受人尊敬就是成功，这也没什么不好。

我觉得成功是有程度和分量之分的。努力完成一件小事，实现一个阶段性目标，就算小的成功。立大志并为之长期奋斗，最后取得了一定成就，就算大的成功。小的成功离我们很近，大的成功离我们很远。这就需要耐心准备，需要踏实和坚持。正如古人所言，不积跬步无以至千里，不积小流无以成江海……

其实，我更想说的是，无论大的成功还是小的成功，在迈向成功之路前最需要做好两件事，一是进发前的准备和积累，二是行进途中的坚持和自律。这两点互为支撑，缺一不可。

我们身边的一些人，虽然勤奋努力，目标明确，但由于缺乏生活规划，缺乏自我约束，准备和积累不够充分，往往是付出的多，总是尝不到收获的甜美。有些人目标清晰，规划周密，行为坚决，自律自省能力强，往往付出了就有收获，总能体会到成功的喜悦。因此成功就应该眷顾"精明"的人。

人的一生很短暂，精力也很有限。每个人若能在生命的旅途上做好一两件有意义的事，就可算是大获成功了。那如何选对事情呢？我觉得首先要与自己的责任感和使命感相联系，更要把自己的兴趣和志向与国家和人民的需要紧密结合。这样才能在工作和奋斗中实现个人的价值。

　　我们身边从不缺乏"一生择一事，一事终一生"的国家栋梁，如"航天之父"钱学森、"杂交水稻之父"袁隆平；也不缺乏"在磕磕碰碰中成长，在曲曲折折中历练"的普通人物，如最美乡村教师杜宣梅、陈万霞，最美村官秦玥飞、刘国忠……他们身上的共同闪光点就是奉献和热爱。因为热爱，才做出了选择，才投入了精力，才可能做到专注，做到无怨无悔，也才会有奉献的快乐……

　　在人生奋斗的路上，制定好适合自己的短期目标、中期目标、长远目标并设计好具体的行动方案也很重要。这样做了，你就可以少受社会环境和人际关系的影响，就不会盲从，更不会"这山望着那山高"，而是"咬定青山不放松"了……当然，这都需要个人的学识、阅历、经验做后盾，也许还需要机缘与机遇的相助。

　　说到机缘，虽然是可遇不可求的，但它最青睐有准备的人；说到机遇，可能是指苍天护佑，可能是说伯乐相马，但它一定选择有潜力的人……而我们就应该努力做这样的人。

　　好了，成功的话题很多，也很沉重，先交流到这里。妈妈相信你是能做好的，因为你养成了爱读书、爱思考的习惯，也明白了与同事与朋友交往的道理，这也许就是你通向成功道路的前奏曲吧！

2019 年 8 月

真情是这样流露的

　　已经很久没有回到这片草原了。这里是爱人的家乡，是女儿的祖籍，更是我日夜思念的地方……

　　记得这是 1987 年的夏天，我在这座被誉为草原明珠的小镇——锡林浩特举行了婚礼，组成了幸福家庭。从此便与这里结下了不解之缘，也有了日后无数次倾吐心声的机会……

　　这里的辽阔草原，这里的淳朴乡亲，这里的夏日落雨，这里的冬季飞雪，都酷似我的家乡——呼伦贝尔！这里的每一点生活变化，这里的每一步事业发展，这里的每一则好与不好的消息，这里的每一声真与不真的叹息，都会牵动我的无尽挂念……

　　这是 1988 年 3 月 17 日上午 8∶30 的内蒙古广播电台播放文学节目时间。由男播音员金浩、女播音员欣悦朗诵的配乐文学散记《这里，升起了美丽的彩虹》正缓缓飘向四面八方。锡林郭勒盟教育系统的机关、学校都组织收听了这期节目。几天后，盟教育处双龙处长、赵义昌副处长专程赶到内蒙古广播电台表示感谢，称赞这期节目太让他们精神振奋了！写得真实、感人！是对他们工作的肯定、鼓励！

说起这篇文学散记，那还是当年春节回家过年，我和爱人从朋友们的交谈中、从家乡的变化里、从一篇篇报刊文章的字里行间受到了启发，引起了共鸣，得到了灵感才写成的。我在文章中真心赞颂了锡林郭勒盟各级党政领导高度重视教育事业发展的远见卓识，介绍了锡林郭勒盟 12 个旗县市各具特色的教育工作成就，记录了锡林郭勒盟各级各类教育走出困境的跋涉历程，讴歌了像额尔、巴图、伊·道尔吉、乌力吉门德、杜日迪、扎格尔桑布、贺景林、陈通、班成考等一大批干部和农牧民群众捐资助学的伟大情怀……还记得文章结尾处的那几段诗句：

> 彩虹，美丽的彩虹，
> 你七色的飘带上，
> 你光芒的圆环上，
> 你清晰的身影上，
> 你舞动的轨迹上，
> 寄托着一个古老民族的希望，
> 展示了一个英雄民族的理想……

这篇文学散记所反映的一切一切，在当时那个年代是怎样地可歌可泣啊⋯⋯

　　这是 2007 年秋季开学的一段日子。我和爱人应锡林郭勒盟教育局之约，写了一首《锡林郭勒教育之歌》，由著名作曲家斯琴朝克图谱曲，由内蒙古艺术学院贾老师、于老师演唱。歌词这样写道：

　　　　　　是草原上的一条条河，
　　　　　　编织了我们的永久向往，
　　　　　　让小树茁壮，
　　　　　　让花朵芬芳。
　　　　　　手拉手一路前行，
　　　　　　心连心同声欢唱。
　　　　　　锡林郭勒的明天啊，
　　　　　　绿色遍野，满目霞光⋯⋯

　　　　　　是草原上的一座座山，
　　　　　　筑起了我们的坚实守望，
　　　　　　让雄鹰翱翔，
　　　　　　让骏马驰疆。
　　　　　　手拉手飞向蓝天，
　　　　　　心连心走遍四方。
　　　　　　锡林郭勒的明天啊，

　　　　绿色遍野，满目霞光……

　　这首歌很快在锡林郭勒草原上的每一所校园里传唱开了。我们得知了这个讯息，心里的激动可想而知啊……

　　这是 2022 年春季的一个上午。我接到了内蒙古广播电视台一位同事的电话，邀我为台里正准备录制的广播剧《永远的眷恋》写一首主题曲的歌词。我毫不犹豫地接受了，并认认真真地阅读了剧本。这是一部描写将军之子廷·巴特尔扎根边疆感人事迹的剧作，准备参评今年的"五个一工程"奖。这可不能马虎呀！我的头脑急速飞转起来：阿巴嘎旗萨茹拉图亚嘎查那片由荒漠变绿洲的草原，那已经摆脱了贫困生活的牧民乡亲，那山鹰盘旋、牧歌飘荡的旷野，那一个从大城市到偏僻草原扎下根来的铮铮汉子……两天后，歌词《爱上这片土地》便从心底流出了：

　　　　像小草一样爱上，
　　　　爱上这片土地，
　　　　青春和梦想揉一起，
　　　　播种在这里。
　　　　孕得纯粹，绽放得彻底，
　　　　只为换来百花开草香四季。

像山鹰一样爱上，
爱上这片土地，
信念和使命握一起，
寄托在这里。
痴情地守护，不离不弃，
哪怕生命化作尘埃也要扑进你怀里。

爱你，痴情地爱你，
爱你，这片土地。
爱你，永远地爱你，
爱你，这片土地。

没过多久，广播剧于 2022 年 4 月 18 日开始播出了。主题曲由道日淖谱曲、敖都演唱，得到了听众的好评。接着好消息又传来了，《永远的眷恋》获得了自治区第十五届精神文明建设"五个一工程"奖……

想起了这样的一段段往事，我的内心总是无法平静。是啊，30 多年来，我无数次随爱人带着孩子来到这个我的第二故乡的土地探亲、采风、游玩，这里的一山一水、一草一木都是亲切无比的。那有着"海市蜃楼"美誉的二连浩特边陲小镇，那有着"小北京"之称又有众多湖泊的多伦古城，那盛产苏尼特羊肉的赛汉塔拉，那繁育黑色蒙古马的阿巴嘎，那辽阔无边的乌珠穆沁大草原，那百花盛开的察哈尔牧场……

是啊，这就是让我魂牵梦绕的锡林郭勒！它是彩虹升起的地方，是雄鹰翱翔的地方，是净化心灵的地方，是让我永远真情流露的地方……

2022 年 6 月

感动是由心而生的

　　最近一段时间，我的脑海里总爱浮现一些无法形容，又难聚合的幻影。有时飘动，有时凝固，有时模糊，有时清楚……我不免心生疑惑地想：难道真是变老了的缘故？或是应了那句"日有所思，夜有所梦"的断言？可是近来我并没有刻意地惦念过什么往事啊……唉，还是不去理会它们了……

　　真是巧极了，当我下决心不再去猜想的时候，那些久久散不尽的幻影却慢慢聚在了一起，而且一天比一天清晰，一天比一天触手可及了……

　　在我脑海中最先形成的，竟然是两尊似青铜铸成的雕像！

　　一尊是女人的。看得出她之前的体态臃肿。她正右手持铁锤，左手握钢钎，眼神坚定地用力凿去满身的赘肉，上半身已经显露出了纤细柔美的曲线，而下半身还遮掩在裹裹盖盖的衣物中……

　　一尊是男人的。看得出他是来自荒芜困顿之地的开拓者。他正伸开双臂，展露出了上半身雄壮健硕的肌肉，虽然下半身还深陷废墟，但已攒足了拔地而起的力量……

紧接着，又一些物象渐渐形成了。是苍茫的林海，是辽阔的草原，是奔跑的梅花鹿，是悠闲的牛马羊群……

是一队队从密林深处走出来的伐木工人，他们放下了手中的锯斧，目光追寻起远方……

是一个个站立高山吟唱古歌的白发老人，他们敞开了心胸，眼神闪露出渴望……

是一支支奔忙的乌兰牧骑演出队，他们载歌载舞，一会儿在蓝天下，一会儿在篝火边……

是一群群学唱家乡民歌的孩子，他们前呼后拥，一会儿嗓音嘹亮，一会儿颤音低旋……

想起来了。那两尊雕像还是10多年前刷朋友圈时看到的。没有标题，没有创作者，更没有观者的留言。我也只是匆匆一瞥，并没有太在意，但内心还是隐隐地受到了触动……

而那些渐渐出现的一个个人物和景象，正是自己多年从事编辑记者工作所接触过、描写过的，也是曾经感动过、震撼过我心灵的……

生活中令人费解以及想不明白的事情有很多很多，各种各样的大小道理也比比皆是，它们都有各自存在的价值和理由。往往你太在意的东西总是虚无，你不在意的东西总是伴随左右。年轻时，我们每个人都有坚定的目标追求，但岁月的艰辛会缠绊你急行的脚步；年老后，我们每个人都想着轻松愉快地放手，但时光的催促又让你欲罢不能。年轻时，我们会因为读过《傅雷家书》，看过电影《上甘岭》，听过歌曲《春天里的故事》而感动不已；年老后，我们只会在《感动中国》《记住乡愁》《档案》的述说中心绪难平……

是啊，我终于明白了。这两尊雕像之所以久久缠绕着我，绝不是因为它们的风格粗犷，也不是因为它们的工艺独特，更不是因为它们的寓意深刻，而是因为看到它们的一刹那对我心头的隐隐的冲撞……

是啊，我更加明白了。那些忽隐忽现的人物场景之所以紧随着我，是因为风雪天的坦诚攀谈，是因为月夜下的倾心聆听，是因为描摹中的真情流露，是因为敬重里的相互信任……

是啊，这就是我坚信的生活道理！感动是由心而生的！

2022 年 7 月

爱恋的这片土地

　　每个人都有一份无法冲淡的情愫——爱恋家乡。我的家乡牙克石市在呼伦贝尔大草原的中部，在大兴安岭山脉脊骨中段的西坡，东连嫩江流域与阿荣旗、鄂伦春自治旗接壤，南与扎兰屯市相连，西邻额尔古纳市、陈巴尔虎旗、鄂温克自治旗，北接根河市，是一个森林茂盛、河流纵横、魅力四溢的地方……

　　我的家乡历史悠久。据史料记载，这里秦代时就有东胡人的纵马驰骋，两汉时又有鲜卑人的狩猎游牧，隋唐时更有室韦人的东行西走，明清后变成了北方民族繁衍生息的家园……

　　我的家乡也很年轻。听父亲讲，这里在清朝和民国时属于索伦旗的领地，1936年才设牙克石街。抗战胜利后，1945年10月从索伦旗划出并建立了牙克石街公署，归呼伦贝尔自治政府管辖。1950年初为适应林区开发需要，建立了喜桂图旗，成为内蒙古大兴安岭林业管理局驻地。

1983 年 10 月撤旗改为牙克石市。"牙克石"系满语，意为"要塞、城堡"，另说为"冲塌的河床"。"喜桂图"系蒙古语，意为"有森林的地方"。现在已有了"中国森林工业之都""中国冰雪之都""国家森林康养基地（第一批）"的美誉……

我的家乡物产丰饶。这里南北长 352 公里、东西宽 147 公里，面积近 2.76 万平方公里的土地上，生长着落叶松、白桦树、杨树等 10 多种耐寒树种，森林覆盖率达到了 78.5%；有野生植物 3300 多种，野生动物 300 多种；有 300 多种名贵药材、400 多种山野菜、20 多种野生浆果；已标明的矿产资源 30 多种；盛产油菜、小麦、马铃薯；越橘（红豆）、笃斯越橘（蓝莓）等年产量达 350 多万公斤……

我的家乡人文荟萃。这里的 25 万多父老乡亲质朴勤劳，坚持生态优先、绿色发展理念，投身"天保工程"，汇入植林造林大军，谱写了改天换地的英雄诗篇。目前已建成国家级森林公园 4 个，国家级湿地公园 8 个，国家级水利风景区 1 个。还有凤凰山滑雪场、云龙山庄、中东铁路遗址公园等知名景区，凤冠高级滑雪场为全国最大的多功能雪上运动基地，吸引了国内外无数游客的目光……

是啊，这就是我日夜惦念的家乡！这里有我童年时的美好记忆，有我成长中的苦涩烙印，有我离别后的无尽牵挂……

那漫长冬季里滑雪车、抽冰尜、赶爬犁的景象，那短暂春光中凿冰河、捞泥鳅、追蝴蝶的快乐……

那缤纷夏日里穿起花裙子捉迷藏、摘野花、唱山歌的惬意，那金色秋忙中套上大雨靴趟湿地、采蘑菇、尝野果的乐趣……

那一夜间车站旅店挤满了举家返乡的伐木人，由此带来的疑惑；那几天内大街小巷响起了人力车的揽活儿吆喝，由此引起的惊奇……

那一回回闻到松树子、野山榛、花脸蘑、黑木耳香味就想起了父母笑脸、姊妹亲情的忽悲忽喜，那一次次听到红豆酒、蓝莓汁、稠李子、高粱果名字就勾起了陈年往事、岁月变幻的或愁或叹……

是啊，这就是我永远爱恋的家乡！这里有我笔下呼之欲出的乡邻乡亲，有我梦里如影相随的同窗挚友，有我心中敬佩感恩的前辈兄弟……

那在短剧《会亲家》《禁区花开》中描写的乡村风景，那在短篇小说《这里，曾有一片小小的白桦林》《老树·老人·孩子》中讲述的环保故事，那在散文诗《大森林的女儿》《写给九月》中唱出的绿色歌吟，那在儿童电视剧《奔向阿巴河》中抒发的真切心声……

那在音乐专题《走近天籁》中介绍的"三少民族"传统民歌、五彩合唱团美妙童声，那在系列节目《大美呼

伦贝尔》中展现的森林浩瀚、草原辽阔、歌舞飘香、牧歌
悠扬……

　　这就是我爱恋的家乡土地！这样的情愫越聚越浓，终于
凝结成了我心底的歌：《一次次走近你》。这首歌由道日淖谱
曲，由著名女中音歌唱家阿拉泰演唱：

<blockquote>

一次次走近你

听不够你的呼吸

一次次走近你

看不够你的美丽

闻不够你草香四季

那是沁透心底忘不了的回忆

一次次走近你

追寻你的足迹

一次次走近你

感受你的神奇

尝不够你乳香四溢

那是滋润心灵忘不了的甜蜜

一次次走近你和你在一起

最爱看你绿染大地

</blockquote>

只因为爱你才一次次走近你
愿把满满的爱都装进我心里
……

　　这就是我爱恋家乡的心迹！爱恋家乡，是人类心中永远泛起涟漪的小河……

2022 年 7 月

永远的那达慕

　　今年的盛夏时节太令人难忘了。7月29日这天上午，"感悟中华文化，畅游祖国北疆"之大草原主题系列活动暨内蒙古自治区第32届旅游那达慕在我的家乡锡林浩特市开幕了！会场上，蓝天白云，绿草清风，到处是招展的彩旗，到处是欢笑的游人。我坐在千里之外呼和浩特市的家里，紧盯着手机上"锡林浩特视频号"的直播画面，如身临其境，任激情翻滚，紧锁的思绪禁不住放飞了……

　　是啊，这是一届不同寻常的草原盛会！它为草原各族儿女搭建了歌颂党，歌颂祖国，歌颂山河壮美，歌颂生活幸福的平台，更为八方来客提供了亲近草原，了解游牧文化，感受民族团结，体验边疆安宁生活的机会。主会场上，气势雄壮的牧民马队，豪迈的乌兰牧骑演员方队，彪悍的搏克手英姿方队，各行各业先进人物组成的队伍，彰显了本届盛会的丰富内涵。高亢的《领航》，悠扬的《赞歌》，深情的《从草原来到天安门广场》，自豪的《永远的乌兰牧骑》，表达了草原儿女发自肺腑的心声……我真为家乡人精心设计的简朴又庄重的开幕式骄傲！

是啊，这是一届特色鲜明的草原盛会！仿佛昭告着受阻了很长时间的经济社会生活恢复正常了！各个分会场上，怒放的金莲花海，飞奔的蒙古马群，真切的游牧生活呈现，神奇的草原文化展示……诠释了中华民族传统文化的底蕴深厚、交相辉映，也赞美了中华大家庭各族儿女的勤劳智慧、心意相通……我真为家乡人真诚安排的活动内容点赞！

最激动人心的还是那达慕的传统项目——摔跤、赛马、射箭的场面，这可是蒙古民族传承了近千年，集娱乐、庆贺、竞技、商贸为一体的草原盛会的精髓啊！"那达慕"系蒙古语，意为娱乐、游戏，是庆贺丰收、物资交流的群众性活动，通常在草原最美的时节6—8月份举行。规模有家庭范围的，嘎查（生产队）范围的，苏木（乡）范围的，更有旗县一级的，盟市一级的，自治区一级的……

赛马的场面令人惊心动魄。它是蒙古族"男儿三技"之一，有赛跑马、赛走马、赛颠马等多种形式。赛程为15—30公里不等，起点设在离会场规定距离的地方，终点为会场中央。赛跑马的骑手一般以少年为主。骑手身着色彩鲜艳的特制蒙古服，用彩色丝巾缠头，两边留出长长的穗子，驰骋时像旗帜一样迎风飘扬，显现骑手的勇敢和英姿。牧人还要精心打扮参赛的骏马，用彩绸绑扎马鬃、马尾，使马儿看起来更加精神抖擞。赛走马、颠马的骑手一般为成年人。观赏赛马，你会真正体会到"吃苦耐劳、一往无前、不达目的、誓不罢休"的蒙古马精神！有时候，参赛的马匹为了完成主人的心愿，会拼尽全力，最后躺倒在终点线上。那情景震撼人心……

射箭的场面令人凝神静气。它也是蒙古族"男儿三技"之一，有立射和骑射两种基本形式。参赛者自愿报名，分成年组、少年组等，以命中率决定名次。立射时射手站在地面上，向固定距离外的靶心射击；骑射时射手要在规定的距离内，在飞奔的马背上完成抽箭、搭弓、瞄准、射击等一系列动作，难度很大，表演和观赏性非常强……

摔跤的场面美不胜收。它是蒙古族"男儿三技"之首，是草原牧民强健体魄和较量技艺的一种方式。"摔跤"蒙古语为"搏克"，是"结实、团结、持久"的意思。以两人对决、一跤定胜负的淘汰制方式进行。参赛人数必须是2的幂次方，即16、32、64、128、256、512、1024名搏克手，依竞技规模而定。比赛开始时，首先被分为东西两翼的选手在悠扬的长调呼麦声中，从各自的阵营以矫健优美的姿势跳越入场，有的模仿虎狮的威猛，有的模仿鹰隼的翱翔，有的模仿雄鹿的轻盈……搏克手不分年龄体重，以抽签方式配对，比赛中除双脚之外的身体其他任何部位触地即判定为失败。搏克以绊、钩、背、闪、推等基本技巧演变出100多种动作，同时也有不允许抱腿，不允许拽头发，不允许踢膝盖以上等规则。一跤定胜负，寓意机会只有一次，要牢牢把握；不分年龄体重，寓意不畏强手，敢拼敢赢……其中沉淀了多少蒙古民族神勇、奋斗、友善、率真的智慧……

最激发兴致的还有那达慕在继承与创新方面的变化。摔跤、赛马、射箭，已不再是男儿的专利。驾驭赛马的骑手中多了女性的身影，射箭的场地上专设了巾帼的编组，搏克手的队伍里跃出了铿锵玫瑰……这是时代进步的反映啊！再就是活动内容的拓展，除了传统项目外，增加了文艺演出、食品博览、招商引资、人才交流、民间工艺展示、草原文化宣传等，这是与时俱进的成果啊！尤其是搏克手的装束，既保留了传统样式，又注入了现代元素，引人注目。选手们上身穿牛皮或帆布制成的"卓德格"（紧身半袖坎肩），裸臂盖背，边缘镶满了铜钉或银钉，后背中央扣上圆形银镜或刺上"吉祥"之类的字样，代表着父辈兄长的厚望；腰间系红、蓝、黄三色绸子做成的"策日布格"（围裙），代表着天地人的护佑；下身穿用32尺或16尺白布缝制的肥大"班泽勒"（裤子），外边围一条绣有各种动物或花卉图案的套裤，代表着慈母贤妻的祝福；双脚蹬涩面香牛皮蒙古靴或光面牛皮马靴，展示出威武雄壮；脖颈戴五色彩绸编织的"将嘎"（项圈），标志了战绩荣誉……这是生命光芒的闪耀啊……

　　想到了那达慕，我的思绪飞得更远了。那远古时期征战的马背健儿，正在绿草地上奔驰、展臂、翻腾，以饱满的志向拓土开疆；那骄傲祖先培育的"男儿三技"，教会了一代代子孙坚毅、血性、赤诚的品格，要尊重对手，绝不恃强凌弱，以势欺人；那几百年来不断丰富、不断完善、不断发展而传承下来的草原欢聚形式，见证了烽火硝烟、沧海桑田的历史变幻；那新中国成立后内蒙古大草原上举办的一次次那达慕盛会，展露了它的独特魅力，尽显了它的存在价值……这正是中华文化百花园中草原儿女用心血滋养的艳丽花朵，更是中华民族复兴路上草原儿女用爱意吟唱的深情颂歌啊……

　　是啊，那达慕是永远的！那达慕所形成的文化现象是属于中华民族大家庭的！此时此刻，我的耳畔如梦如幻般飘来了古老的、悠长的"乌日嘎"（摔跤仪式颂词）歌声：

　　　　祥云里甩动长尾，你蛟龙般俯冲了
　　　　高空里振起双翅，你彩凤般飞腾了
　　　　密林里昂首咆哮，你猛虎般跳蹦了
　　　　深山里巡游狩猎，你雄狮般狂奔了
　　　　……

2022 年 8 月

心 曲 篇

——我们的心地澄净了，就能看到天天是艳阳，夜夜是清宵，处处是美景……

音乐专题

走近天籁

——《大美呼伦贝尔》系列节目之一

（前曲）

主　持：内蒙古人民广播电台，今天的《××》节目为您奉
　　　　上的是《大美呼伦贝尔》系列节目——音乐专题
　　　　《走近天籁》。

（进《呼伦贝尔美》乐曲，20秒后压低混播）

旁　白：面对着10多天来下乡采访的录音，我很想在边听
　　　　边悟中梳理出清晰的头绪来。美妙的音乐、采访录
　　　　音、笔记资料、思绪和感悟都交织在了一起，断断
　　　　续续、时隐时现起来……

（《呼伦贝尔美》音乐声扬起）

（进飞机、汽车音效、混播）

记　者：党的十八大以来，铸牢中华民族共同体意识，弘扬
　　　　中华优秀传统文化，繁荣发展少数民族文化事业，

已经成为讲好中国故事的重要内容。我作为内蒙古广播电视台的一名音乐编辑记者，在这方面更应该做点什么……

我的家乡呼伦贝尔很美，这里有草原、森林、群山、湖泊等多彩地貌，更有亲如一家的多民族文化形成的地域风情。特别是"三少民族"传统民歌所演绎出的天籁般的意境，令人心驰神往……今天，我带着走近天籁，追寻大美之音的心愿，终于踏上了久违的家乡土地……

（飞机音效、汽车音效）

（进《鄂伦春小调》）

（原生态《赞达仁》渐渐扬起、片刻混播）

旁　白：××月××日，最先到达××，我首先要去探望的当然是满古梅老人。

（汽车音效）

（《赞达仁》扬起、压低结束）

（记者采访满古梅老人）

记　者：老人家您好！

满古梅：你好！

记　者：刚才您哼唱的好像是《赞达仁》吧？

满古梅：对！

记　者：我是专程来看您的。都知道您会唱好多鄂伦春传统民歌，尤其是《赞达仁》唱得特别好，您还是《赞达仁》的传承人对吧？

记　者：是的。

满古梅：是的。

记　者：您都什么时候唱啊？

满古梅：唱《赞达仁》多数都是即兴的。一首《赞达仁》每次演唱都可能不一样，歌词可以随意填。

过去狩猎，有了收获心情好就会高兴地唱，现在只要有人来，想听，我也给唱。想学，我就教。我们没有文字，都是口传心教。

《赞达仁》是我们鄂伦春的宝贝，已经被列入国家第二批非物质文化保护名录了。我活一天就要唱一天我们鄂伦春的民歌。唱的时候不能在屋里，要在山上、林子里唱才美呢。

记　者：（笑）是吗？那咱们现在就到外面去好吗？来，我搀着您，希望您能给我们多唱上几段！

满古梅：好吧！走……

（山林音效）

（进满古梅《赞达仁》、片刻混播）

记　者：（压低声音地）这就是被鄂伦春人用本民族语言传唱了很久很久的民歌《赞达仁》。歌声非常纯朴、自然，就像身边吹过的风雨声，也像这山林里的流水和鸟鸣声。听到它，会有一种走向原始时空的感觉，整个人都在和大自然对话；听到它，仿佛闻到了自然界的清新气息，看到了梦境里的奇妙幻影……

（满古梅《赞达仁》歌声扬起、片刻继续混播）

旁　白：真的很感谢满古梅老人。感谢她这么大年纪，还能
　　　　把这天籁般的歌声带给我们，让我们近距离欣赏，
　　　　更让我们品味鄂伦春人的朴实生活，品味那人与自
　　　　然和谐相生的氛围！

（满古梅《赞达仁》歌声扬起至结束）

旁　白：鄂伦春、鄂温克、达斡尔是生活在内蒙古自治区的
　　　　三个少数民族，被称为"三少民族"。他们只有本
　　　　民族语言，而没有本民族文字；他们崇尚自然，崇
　　　　尚生命；他们觉得一切的美好和丰厚，都是大自然
　　　　的馈赠，也是生命的恩赐。
　　　　于是，在他们的传统民歌里，我们能够体会到空
　　　　灵、幻化和神秘的天籁韵律。让我们的躯体得到
　　　　彻底放松，心灵得到奇妙净化，灵魂也会得到无限
　　　　升华。

（汽车音效片刻）

（进《彩虹》音乐）

（《母鹿之歌》歌声扬起、片刻混播）

旁　白：××月××日到达××，采访著名歌唱家乌日娜。

记　者：现在听到的是鄂温克著名传统叙事民歌《母鹿之
　　　　歌》。这首歌产生在遥远的狩猎年代。歌曲通过受

　　伤母鹿和天真小鹿之间生离死别、催人泪下的对话，从另一个角度揭示着生态平衡、珍爱生命的意义。禁猎有身孕和带幼崽的动物，便成为"三少民族"共同的习俗观念。

（《母鹿之歌》歌声压低）

（记者采访歌唱家乌日娜）

记　　者：听说您多年来一直都在收集传唱本民族的传统民歌？

乌日娜：是的。就好像自己这辈子是为民歌而生的。我的工作，我的事业，我的生活全部都是在歌唱我的民族。

记　　者：谈谈您和您的学生演唱的《母鹿之歌》。

乌日娜：这首歌儿唱的就是我们民族的善良、大爱之心……

（采访压低）

（《母鹿之歌》歌声扬起至结束）

旁　　白：鄂伦春、鄂温克、达斡尔民族，对自然、对生命有着自己独特的理解和尊重。他们是勇敢诚信的民族，更是智慧善良的民族，他们丰富细腻的情感在一首首传统民歌中体现得淋漓尽致。

　　　　　如果说鄂伦春的《赞达仁》流露的是一种随性之美，是对生命的向往；鄂温克的《母鹿之歌》流露的是一种忧伤之美，是对生命的感叹；那么，达斡尔的《心上人》流露的就该是一种思恋之美，是对生命的祝福。

　　　　这首古老的情歌，带给我们的是开满杜鹃的原野，
　　　是白云飘荡的天空，是明月皎洁的夜晚；是微风轻
　　　拂的湖面……

　旁　白：我想起了演唱《心上人》的讷荣芳老师。
（汽车音效、达斡尔音乐）

　旁　白：××月××日我在××的排练室见到了她。
（进《心上人》歌声、压低）
（记者采访讷荣芳）

　记　者：讷荣芳老师您好！

讷荣芳：你好！

　记　者：刚才放的这首《心上人》就是您唱的吧？

讷荣芳：对。××年录的。《心上人》是达斡尔传统民歌的
　　　　代表作之一，我几乎每一场演唱会都会唱这首歌，
　　　　都数不清唱了多少次了。
　　　　每次唱的时候，就好像回到了远古年代，回到了
　　　　大自然当中，仿佛看到达斡尔青年恋爱的美好场
　　　　景，身边有山，有水，有花草，有树林……感觉太
　　　　美了，自己都被美的气氛包围着。所以，我在演唱
　　　　时，一直保持传统风格。

　记　者：我们想听您唱一遍，行吗？

讷荣芳：行！
（进《心上人》歌声至结束）

旁　　白：大美江河源于小溪、清泉，大美之音源于轻吟、呓语，至善至美源于执着、信念！

　　　　　"三少民族"的一首首传统民歌，表现的既是他们本民族古老文明、心灵向往的独特之美，也丰富了中华民族大家庭和弦之音的壮阔大美！

　　　　　正是有了这些各民族平凡歌者们的坚持与守候，才有了我们共同欣赏大美旋律、沉醉大美境界的珍贵机缘。

（进五彩合唱团音效、片刻混播）

旁　　白：这是××月××日在××，我终于见到了那群天真烂漫的小精灵——五彩合唱团的小演员。

（汽车音效）

记　　者：五彩合唱团的孩子们来自呼伦贝尔不同的旗县市区镇。他们从爷爷奶奶和老师那儿学会了好多古老的童谣。可以说他们是大美之音的接力者、传播者。

　　　　　他们以特有的天真、稚嫩、活泼打动着我们。

　　　　　他们在给我们带来灵动之美的同时，也让更多的人了解他们的祖先，感知他们的民族。

（放《小羊羔》至结束）

（记者采访五彩合唱团的小演员们）

记　　者：刚才这首歌儿叫什么？

小演员：《小羊羔》。

记　者：唱歌感觉怎么样？美吗？

小演员：特别好！心里特美！

记　者：怎么个美呀？

小演员：歌谣美，穿的衣服也美，唱起歌儿来心里可美了。

记　者：你觉得唱歌这事除了美还有什么意义？

小演员：当然有啦。意义就是……能让更多的人听到我们草原和森林的歌儿。

（进五彩合唱团演唱的歌曲、片刻混播）

记　者：我们可能听不懂他们在唱些什么，但我们会从他们演唱的神态和旋律中体会到许多：是苍穹，是山川，是河流；是劳动，是爱情，是游戏；是女人的温婉，是男子的豪气；是孩童的俏皮，是民族的朴实与自豪……

旁　白：是啊！这美妙的歌声说明了一切！而这一切所构成的大美之音，不正是美丽中国的一部分吗？

天、地、人，山、水、火，北方民族为我们勾勒出的一幅幅或斑斓或至简的画卷，令我们震撼不已，令我们刻骨铭心，令我们回味久远，也使我们有了一份责任，一份传承守护的责任！

旁　白：采访录音没有听完，思绪还在继续。（进音乐、混播）美妙的音乐仍在缭绕，歌者们的脸庞依旧清晰可见：

那对着远山高歌《赞达仁》的满古梅，那含着泪水哼唱《母鹿之歌》的乌日娜和她的学生，那把《心上人》唱得人心醉的讷荣芳，还有那些天使般的小家伙们演绎的《小羊羔》……

一路走来，我走近了天籁之音飘扬的地方。目光看到了密林深处"撮罗子"的身影，眼前闪过了幽谷曲径驯鹿的飞姿，耳边响起了月色河湾"木库莲"的声音，四周回旋着绿草丛中五彩合唱团的童声……

一路走来，我置身于大美之音浸润的地方。那一个个"三少民族"非遗传承人美妙的歌喉，那一支支乌兰牧骑播撒大美之音留下的足迹，那一所所校园里聆听学唱传统民歌渴望的眼睛，那一片片牧场田间边劳作边高歌的场景……

是啊，我们追寻的天籁般的大美之音，每一个音符，每一段旋律，都源自中华大家庭的共同创造！

正如习近平总书记强调的，"各民族优秀传统文化都是中华文化的组成部分，中华文化是主干，各民族文化是枝叶，根深干壮才能枝繁叶茂"。我愿在今后的日子里，为这里各民族优秀传统文化的枝繁叶茂奉献自己的力量！

（音乐扬起、结束）

主　持：内蒙古人民广播电台，刚才您听到的是《大美呼伦贝尔》系列节目——音乐专题《走近天籁》。撰稿：孟庆飞，主持人、记者××，节目策划、监制××，录音师××，感谢您的收听，今天的《××》节目就到这儿，明天同一时间再见！

　　题注：记得早在2013年退休前，自己就有了制作《大美呼伦贝尔》系列专题节目的想法和计划了，但碍于经费短缺等方面原因未能如愿，这也成了我的一个遗憾。最近整理工作日记和零散文稿时发现，自己的家乡有那么多需要宣传歌颂的人和事，尤其是关于"三少民族"传统音乐和民歌方面的。于是静下心，拿起笔，一遍遍聆听长期搜集到的歌曲音乐，一次次陷入沉思遐想，禁不住心底激情的涌动，禁不住天籁之音的召唤，伏案写出这篇《走近天籁》草稿，又几经修改完善，算是一个游子眷恋家乡、热爱故土、思念亲人、崇敬自然淳朴情感的寄托吧……

2021年5月10日

音乐专题

听你，懂你

——忆蒙古族歌唱家牧兰

（前曲）

主　持：内蒙古人民广播电台，现在是《936草原旋律》节
目时间，请听音乐专题《听你，懂你》——忆蒙古
族歌唱家牧兰。

（放歌曲《彩虹》，20秒后压低、混播采访录音）

牧民1：（蒙汉语参半、激动地）是牧兰。就是她……

牧民2：（蒙汉语参半）是《彩虹》，牧兰唱的，她年轻的时
候唱的……

旁　白：是牧兰在歌唱。

　　　　只闻其声，已不见牧兰。

（插进牧兰的录音）

牧　兰：我是一直在为基层牧民、工人、解放军演出。这些
人呢……

旁　白：这是牧兰女儿斯琴在为大家播放妈妈留下的歌曲和
　　　　仅存的几句谈话录音。

（牧兰的录音继续播放）

牧　兰：真心真意希望能在他们的心目中留下一些你的声
　　　　音。这个对我鼓励特别大。不管牧民也好，不管汉
　　　　族也好，不管什么民族都好，都给了我动力。我要
　　　　一心一意，尤其是全心全意要把为人民服务的思想
　　　　牢固在我的心中……（压低）

旁　白：身边是歌唱家德德玛、金花、郭丽茹和内蒙古自
　　　　治区宣传部原副部长阿古拉，还有一些农牧民也
　　　　赶来了……
　　　　今天是牧兰的生日，追思牧兰让大家不约而同聚在
　　　　了牧兰家里。

斯　琴：我妈让我好好保存她演唱的这些歌带。她说，如果
　　　　以后有人想听了，让我把这些送给大家，或者放给
　　　　大家听，就像她活着的时候一样。
　　　　我妈病重的时候嘱咐过我，不要给她开追悼会。
　　　　她觉得不应该把自己最虚弱无助的一面留给大家
　　　　看，她很坚强的，她骨子里有一种说不上来的坚强
　　　　劲儿。
　　　　（哽咽）到了最后的时候，医生都觉得很奇怪，说：
　　　　"像你这样的病人到了这种时候，你的肺活量怎么
　　　　还这么大呀？一般的人到了这种时候肯定是不行

了的……"

牧民 2：我们也知道她不在了，我们来就是想看看她的遗
　　　　像，就是想听听她的歌儿（哽咽）……

旁　　白：大家的眼睛湿润了。我的思绪随着这首《彩虹》飞
　　　　向了窗外……

　　　　蓝天、白云、绿地、阳光播撒，我仿佛看见了天使般
　　　　的百灵鸟在快乐飞翔，在用歌喉描绘天边的彩虹。
　　　　是啊，当年不正是牧兰带着词作家锡英、曲作家达
　　　　日玛、图力古尔共同的心愿，用自己的歌喉描绘出
　　　　了绚烂的彩虹吗？几十年了，彩虹不散，因为牧兰
　　　　早已把这不散的霓虹洒进了草原人的心里。

（歌曲《彩虹》扬起至结束）

哲桂勒哲桂勒

雅鲁河的岸边呦

哲桂勒

飞来了美丽的古纳基

它那清脆动听的歌喉呦

给鄂温克人民带来喜讯呦古纳基

纳耶纳耶纳呀耶纳喜纳耶

把鄂温克人民的心意带到北京

纳耶纳耶纳喜纳耶

德德玛：牧兰大姐和我们在一起工作过，那时候我比她小几
　　　　岁。当时我非常羡慕她。给我印象最深的就是她唱
　　　　的《彩虹》，那声音特别的美。

金　花：牧兰把《彩虹》唱得真是太美了。只有她才能唱得
　　　　那么好听，一下子就把人们带到了那么美好的境界
　　　　里……（压低）

旁　白：从德德玛、金花的讲述中，我仿佛又看见了40多
　　　　年前那个清纯的女中学生，那个牧羊女，从通辽库
　　　　伦旗阿拉达尔图村踏着绿草、清风，亮着上苍赐予
　　　　她的百灵般的歌喉而来。她一脚跨进乌兰牧骑的大
　　　　门，从此便不顾一切地高高举起了乌兰牧骑这面大
　　　　旗。这一举，就是40多年，就是一生。

牧民1：牧兰到我们那里演出，有的人岁数大了，身体不
　　　　好，看不了她的演出，牧兰知道了就到包里面去，
　　　　亲自给他们唱歌儿听，真的，太让人感动了……

郭丽茹：牧兰老师做了一辈子的乌兰牧骑演员，她对乌兰牧
　　　　骑事业非常执着。她下基层演出大概有七八千场次，
　　　　演出曲目太多了，可以说有1千多首歌儿。在区内
　　　　外好多的观众非常爱听她的歌儿，通过她的歌儿不
　　　　仅了解了内蒙古，还记住了乌兰牧骑这个名字……

旁　白：随着郭丽茹的讲述，牧兰的身影又浮现在我眼前。
　　　　那小小的蒙古包里有她的身影，她在为一个牧民家

庭、一个羊倌、一个牧马人演唱；工厂、部队、学校、田间、牧场有她的身影，她在为劳动者，为子弟兵歌唱；全国 31 个省（区、市）和港澳台地区以及亚非欧美四大洲的国家地区也有她的身影，她在兴奋地用歌声描绘，描绘她深爱着的内蒙古大草原……

（进歌曲《牧民歌唱共产党》，10 秒后压低、继续混播）

金　花：《牧民歌唱共产党》是牧兰的保留曲目。就是这首歌儿，让好多人都认识了牧兰，也让大家记住了牧兰……

牧民 3：（蒙汉语参半）对！对！牧兰到我们那儿演出，我们点名让她唱的就是这首歌儿。她唱，我们也跟着她唱，太好了（蒙古语）……

旁　白：是啊，《牧民歌唱共产党》让大家记住了牧兰，更记住了乌兰牧骑，因为牧兰总对人这样说：我是草原的女儿，是乌兰牧骑的演员，大家爱听我唱这支歌儿，我就一直唱下去。我就是要用歌声描绘百花盛开的大草原，描绘牧民美好的新生活。

（歌曲《牧民歌唱共产党》扬起至结束）

在那百花盛开的草原上
肥壮的牛羊像彩云飘荡
富饶美丽的牧场呦

啊啊嗬

无限兴旺

勤劳的牧民建设着祖国的边疆

在那万马奔腾的草原上

丰收的歌声响彻四方

我们的生活多幸福

啊啊嗬

前进路宽广

草原人民永远歌唱共产党

啊哈嗬胜利向前进

草原人民永远歌唱共产党

阿古拉：在内蒙古啊，人们说起乌兰牧骑，自然而然就会想
　　　　起牧兰，同样，人们说起牧兰也就自然而然会想起
　　　　乌兰牧骑。可以说，牧兰就是乌兰牧骑的一位杰出
　　　　的旗手。

旁　白：阿古拉说得好，牧兰——乌兰牧骑，乌兰牧骑——
　　　　牧兰，两者紧紧相连，又怎能分得开呢？正像自治
　　　　区宣传部副部长吴团英那次聊起乌兰牧骑、聊起牧
　　　　兰时所说的那样，牧兰是受人尊敬、爱戴的艺术
　　　　家，她对乌兰牧骑的那份情感，那份执着，完全是
　　　　发自内心深处的……

（放吴团英副部长录音片段）

吴团英：牧兰呢，我知道，是受人尊敬和爱戴的艺术家，她
　　　　不仅为蒙古族的音乐事业作出了贡献，也为我们乌
　　　　兰牧骑建设事业作出了重要贡献。

　　　　我们知道，乌兰牧骑是全国文艺战线的一面旗帜，
　　　　党和国家领导人对此都非常重视。据我了解，毛泽
　　　　东同志就接见过乌兰牧骑 3 次，周恩来同志也接见
　　　　过 12 次，邓小平、江泽民、胡锦涛等同志也十分
　　　　重视乌兰牧骑事业。

　　　　现在，我们文艺战线正面临新的改革发展任务，推
　　　　动乌兰牧骑繁荣发展对我们搞好民族文化大区建设
　　　　具有非常重要的作用。

　　　　所以我希望，全区文艺战线的同志们向牧兰同志学
　　　　习，学习她的艺德，学习她的精神，共同把她留给
　　　　我们的宝贵财富转化为我们的工作动力，把我们文
　　　　艺事业搞得更好……

（压低、进音乐混播）

郭丽茹：牧兰老师热爱乌兰牧骑，也热爱草原，草原牧民也
　　　　非常喜欢她，亲切地称她为我们牧民的歌唱家、草
　　　　原上的百灵鸟。牧兰老师的歌唱到哪儿，好多牧民
　　　　就跟随到哪儿。

　　　　记得 1998 年的时候，牧兰老师带着我们团到郑州

巡演，第二场时我们看到牧兰老师嗓子有些不舒服。因为去那儿以后，又要工作，还要带队，还要演出。演出之后呢，牧兰老师就有些咳嗽，这时候有个老人走过来，对她说：牧兰老师，我听你的歌儿非常激动，很多年以前我听过你的歌儿，今天还能听你的歌儿，我非常荣幸。老人握着她的手，牧兰老师亲切相待，第二天那位老同志还来看我们的演出，杯子里装着冰糖梨水，要为牧兰老师解暑润喉……

旁　白：大家的一番讲述，也让我想起了当年那个带着父母的心愿专程从呼伦贝尔来呼和浩特听牧兰演唱的小女孩，还让我想起那个追着牧兰，要认牧兰做姐姐的牧民。

（牧民女孩录音）

其其格：我叫其其格，专门从海拉尔来呼和浩特看这次乌兰牧骑文艺汇演。为啥呢？因为每次的文艺汇演牧兰老师都唱歌儿。我爸爸妈妈特别喜欢牧兰老师唱歌儿，我也特别喜欢。这次是专门从那么老远来听牧兰老师唱这首歌儿的。

（老牧民和牧兰交流录音）

牧　民：其其牧兰拜那！（蒙古语问候）

牧　兰：拜那！（蒙古语问候）

牧　民：（蒙古语寒暄）

牧　兰：（蒙古语寒暄）

牧　民：毛主席时就很有名的那个牧兰吗？

牧　兰：是，就是那个牧兰。找你来了，不是吗？

牧　民：你好像认识我这个人一样。

牧　兰：我认识呀。草原上的牧民我都认识，都是我的观众。

（记者和牧民的对话）

记　者：这位大叔，你记得牧兰老师以前唱的什么歌儿吗？

牧　民：（唱）"在那万马奔腾的草原上……"，特别感人……

（放歌曲《蓝天的诗》，压低、混播）

旁　白：如果有人问：草原的天空为什么那样蓝？那样美？
　　　　贾作光、图力古尔会用《蓝天的诗》这首歌儿告诉
　　　　你答案。而我想让你知道，那是因为还有牧兰，因
　　　　为牧兰是用歌声在那蓝天上描绘诗篇的人。她的理
　　　　想，她对草原对乌兰牧骑一生的挚爱，全部融进了
　　　　她的歌声里——

（歌曲《蓝天的诗》扬起——结束）

　　　　　　　蓝蓝的天，白白的云
　　　　　　　轻轻微风把你推送
　　　　　　　雪白的云，晴空飞舞
　　　　　　　你是一片蓝天的梦
　　　　　　　啊，飘呀啊，飘呀

随你飘荡天空晴朗

你是我理想的梦

蓝蓝的天，白白的云

蓝天下面是草原的梦

情侣双双祝你幸福

白云变成幸福的哈达

啊，祖国多美好

为你歌唱天空晴朗

你是我理想的梦

啊，飘呀啊，飘呀

随你飘荡天空晴朗

你是我理想的梦

郭丽茹：我记得牧兰老师是 1981 年走上乌兰牧骑领导岗位
的，一干就是 20 多年。无论多么忙碌，她有一个
特点，不影响上台。因为她知道，许多观众都是奔
着乌兰牧骑，奔着她来的。只要想听她的歌唱，想
看她的演出，她都会无条件地满足他们的要求。她
就是这样的人。

阿古拉：这就是牧兰，这就是乌兰牧骑精神。

金　花：牧兰同志 40 多年一直坚守在乌兰牧骑，在她年轻
的时候，什么地方要调她、要她，她都没有去，就

植根于内蒙古大草原，为基层百姓去演唱、去服务，这是非常难能可贵的，这也是大家非常爱戴她的一个原因……

旁　白：40多年如一日，这位牧民的歌唱家，这只百灵鸟怎能不累？她病倒了。在与病魔抗争的那段日子里，她似乎没有停止过哼唱，哼唱着那些她曾经唱过上千遍的歌儿。病床前与女儿谈论最多的是乌兰牧骑，是她的歌儿，是她的观众和听众。

斯　琴：我妈到了最后就是呼吸很困难了，说话也是断断续续了，那个时候，她脑子里想的还是她从事多年的演唱事业和她的乌兰牧骑，她还是想有机会应该再去哪里——去那儿与观众交流一下，再多唱一些歌曲给观众听呢。

（进音乐、混播牧兰生前录音片段）

牧　兰：我是声乐艺术的一个专业演员，党和人民给了我很高的评价。很多荣誉给了以后呢，我就想办法回报我的草原，回报我们的人民。虽然我的能力很小，可是我就是这么一片心，为我们的草原人民，为我们全国的观众、听众唱……（渐弱）

（进歌曲《美丽富饶的内蒙古》，压低混播）

旁　白：牧兰是用一生高举乌兰牧骑旗帜的天使，是用歌声描绘绚烂生活的百灵鸟。她，就是那道永不飘散的彩虹，深深地印在蓝天、印在草原、印在人们的心里。

牧兰的歌声在耳边荡漾，我的思绪仍在飞翔。我看见美丽的内蒙古大草原上，乌兰牧骑的旗帜像绚烂的彩虹那样鲜艳；我听见百灵鸟的歌声依然那么清脆，仿佛牧兰早已把它们永久性地刻录在了阳光的翅膀上。

当阳光播撒的时候，所有人就会看到那旗帜，就会听到那歌声，就能触摸到牧兰这位草原女儿的笑脸。

是的，眼前，就是眼前，牧兰不正披着绚丽彩虹，踏着绿草清风，亮着百灵鸟般的歌喉，高举着乌兰牧骑的旗帜，歌唱着《美丽富饶的内蒙古》朝我们走来了吗?!

牧兰，你一直在歌唱；

牧兰，我们听你、懂你——

（歌曲《美丽富饶的内蒙古》扬起至结束）

美丽富饶的内蒙古啊

内蒙古

我们温暖的摇篮啊嘀

从那金色的兴安岭来到黄河两岸

广阔的大地多么壮观

祖祖辈辈生息在这地方啊嘀

可爱的内蒙古

我们幸福的摇篮

从那绿色的草原来到美丽的阿拉善

飞奔的马群驰向天边

肥美的牛羊布满牧场啊嗬

可爱的内蒙古

我们幸福的乐园

啊哈嗬内蒙古啊嗬

主持人：听众朋友，您听到的是音乐专题《听你，懂你》——忆蒙古族歌唱家牧兰。策划：孟庆飞、图雅；撰稿：孟庆飞；编辑：图雅，孟庆飞；主持：图雅；旁白：郁胜；录音合成：左巍。今天的《936 草原旋律》节目就到这儿，明天再见！

题注：牧兰是一位著名的蒙古族歌唱家，也是我的好朋友，好大姐。在她病重住院的那段日子里，我多少次想去探望但又止住了脚步。一方面是她婉拒探访，一方面是我不忍见到她与病魔抗争显现的疲惫样子。在我的印象里，她留下来的，永远是百灵鸟般的歌声，永远是山丹花似的笑容，永远是不知疲倦的身影，永远有潮水般簇拥的观众……她是为着歌唱事业而生的美丽天使！在一次怀念牧兰的追忆会上，我边听着朋友们的唏嘘话语，边听着一首首熟悉的歌曲，禁

不住思绪飞扬起来，写下这篇《听你，懂你!》音乐专题，
献上我的崇敬心意!

2011 年 11 月

童话剧

太阳公公和他的孩子们

——《神奇的套马杆》之一

（神奇美丽的舞台上，伴着轻快的音乐，装扮成云朵、花草、小鸟等多种小动物模样的孩子们登场舞蹈着、歌唱着……）

（片刻，画外音：这是一处美丽和谐的家园。这里住着太阳公公和他的孩子们。他们每天都在快乐地生活着。有时候，孩子们会围在太阳公公身边要求他讲故事；有时候，孩子们也会做自己想要做的事情……）

第一幕

（画外音：这一天，美丽大方的伊如罕，善良勤劳的乌日娜，机灵又勇敢的阿丽娅，智慧有梦想的毕力格太四个孩子聚在了一起，又缠上了太阳公公……）

（伊如罕、乌日娜、阿丽娅、毕力格太簇拥着太阳公公上场。他们吵嚷着……）

伊如罕：（娇俏、甜美）太阳公公，您就再给我们讲个故事吧。

乌日娜：（纯朴）是啊，再讲一个吧，求您了。

阿丽娅：（调皮地）嘿嘿，太阳公公，您讲的故事我们都特别爱听。

太阳公公：（捋捋胡须）真的都爱听吗？

三个孩子：（齐声）真的爱听！

太阳公公：（斜眼看了看一旁不说话，只顾翻手里的书的毕力格太）不一定吧？好像也有不爱听的哟。

三个孩子：哎，毕力格太，别总翻你的书了。快让太阳公公给咱们讲故事吧。

毕力格太：（猛醒）哦对对，太阳公公，您给我们讲一个书本里没有的故事吧。

太阳公公：（捋捋胡须，思考一下）嗯好吧，就讲一个书本里没有的故事。不过……现在还不能讲。

四个孩子：（齐声）为什么？

太阳公公：（手指远处）你们来看，看这大地上。北面，还有西面，花也少了，草也少了。还有那牛、马、羊，连小鸟也看不到几只了。咱们得想想办法呀。（太阳公公流露出一副着急的神态）

伊如罕：太阳公公，这很容易呀！我就能让那里的花草树木马上生长起来，也能让牛、马、羊、小鸟多起来。

乌日娜、阿丽娅：（齐声）对！伊如罕天生就有让大地变得
　　　　　美丽的本领，让她去吧。

太阳公公：好！那伊如罕就辛苦一趟，等你一会儿把大地变
　　　　　美了，我就给你们讲好听的故事，好不好？

伊 如 罕：好！我马上就回来。

（聚光灯暗下来）

第二幕

（屏幕上播放大地一片荒凉景象的短片）

（伊如罕随着有节奏的音乐，挥动手里的魔杖上场，身边还
奔跑着几只漂亮的梅花鹿。魔杖所到之处，枯萎的花草苏醒
了，开始生长。片刻，树木、小鸟逐渐多起来。）

（屏幕上显示出美丽的景象）

（随着音乐的变化，狂风四起，天空暗下了，鸟儿飞走，花草又
变得枯萎不动，牛羊等小动物离场，连梅花鹿也像迷了眼睛）

（任凭伊如罕挥舞手里魔杖，都没有任何作用，引来的却是
恶魔的嘲笑声）

（聚光灯暗下来）

（聚光灯切换到另一个场景）

乌日娜、阿丽娅：（齐声）怎么回事？伊如罕的魔杖怎么不
　　　　　起作用了？

　　　　　是啊，这可怎么办呀？

太阳公公：（显得也很着急）是啊，是啊！你们再看看那边，
　　　　　南边的洪水正在泛滥呀……

乌日娜、阿丽娅：（齐声）那么多房屋倒塌，好多人无家可
　　　　　归了！

太阳公公：这么多的水，怎么才能退去呀？

乌　日　娜：（被提醒）太阳公公，我去，我行！

阿　丽　娅：对！乌日娜有本领，让她去吧。

太阳公公：好吧，那乌日娜赶快去一趟，快快让那洪水退去。

乌　日　娜：好！我去了。

（聚光灯暗下）

第三幕

（屏幕播放洪水泛滥、房屋倒塌的悲惨景象）

（乌日娜随音乐上场，身边跟随着一群小牛犊。她挥舞着手
中的魔杖，魔杖所到之处，洪水立即退去，乌云和闪电也立
即退去）

（瞬间，天蓝了，大地恢复了原来的模样）

（片刻，狂风暴雨洪水再次袭来。乌日娜又挥舞起手里的魔
杖来回奔跑。任凭她气喘吁吁、大汗淋淋，可狂风暴雨、洪
水越来越凶猛）

乌　日　娜：这是怎么回事？魔杖好像不听使唤了！怎么回
　　　　　事呀？

（空中传来恶魔的嘲笑声……）

乌 日 娜：原来是你在捣乱！

（空中恶魔的嘲笑声更响了）

（聚光灯暗下）

（聚光灯切换到太阳公公所在的场景）

阿 丽 娅：（着急万分）这到底是怎么了？怎么会这样？乌
　　　　　日娜的魔杖也不听使唤了。

（空中的嘲笑声一浪高一浪：哈哈，你们不行了吧？你们服
输吧！）

阿 丽 娅：哼！你休想！我们不怕你，看我的！

（聚光灯暗下）

（聚光灯切换到舞台正中央，阿丽娅上场）

阿 丽 娅：看你往哪里跑！

（嘲笑声仍在继续，阿丽娅在舞台上奔跑，身边紧随的几只
牧羊犬也狂吠着。她边跑边挥舞着手中的魔杖。）

（空中的嘲笑声越来越大：哈哈哈，没用的，没用的！你再
机灵勇敢也是白费力气！哈哈哈……）

（阿丽娅喘着粗气，摔倒在地上）

（聚光灯暗下）

第四幕

（聚光灯切换到太阳公公所在的场景）

太阳公公：（捋着胡须，摇着头）不行，这样可不行！（见毕
力格太还在翻手里的书）哎呀，毕力格太呀，你
怎么还在看书呀？瞧瞧你的三个姐姐都成什么样
了？你难道不着急吗？

毕力格太：太阳公公，不是我不着急，我是在想更好的办
法呢！

太阳公公：那你想到了吗？

毕力格太：好像差不多了……

太阳公公：好像差不多了是什么意思啊？

毕力格太：（挠挠头）嗯……我觉得一个人的力量根本就不
行，如果，如果……

太阳公公：你说说看。

毕力格太：太阳公公，恶魔根本不怕三个姐姐的魔杖，它到
处乱窜干坏事。如果找到一个办法，能让它乖乖
听话就好了。

太阳公公：（点头）嗯，有道理！那怎么才能制服它呢？

毕力格太：我在想，三个魔杖放在一起，就会变成一根神
奇的套马杆。这神奇的套马杆威力可大了，也
许……也许套马杆就能降服它。

太阳公公：（惊喜地）嗯，你可以试试。

毕力格太：（朝着舞台上喊）伊如罕、乌日娜、阿丽娅姐姐，
把你们的魔杖借我用用！我要去降服恶魔——

（聚光灯暗下）

（聚光灯切换到舞台正中央）

（毕力格太手里拿着三个魔杖，身边围着几匹小马驹。他一转身，三个魔杖变成了一根长长的套马杆。）

（动画短片：毕力格太挥舞着套马杆，将恶魔牢牢套住。恶魔变得乖巧顺从。毕力格太所到之处，枯草变绿，鲜花盛开，牛羊遍地，百鸟欢飞……）

第五幕

（太阳公公和伊如罕、乌日娜、阿丽娅、毕力格太一起登场。几个孩子迫不及待地观看、抚摸着套马杆，高兴地挥舞着……）

伊 如 罕：太阳公公，大地恢复了原样，该您给我们讲故事了。

三个孩子：（齐声）对！讲故事，快讲故事！

太阳公公：哈哈，孩子们，你们知道吗，今天你们用自己的实际行动讲了一个最好听最感人的故事啊。

四个孩子：（相互对视）什么？

太阳公公：我们生活在一个美丽和谐的家园中。可是，天底下还有很多很多不尽如人意的地方。要想改变它，只靠美丽、善良、勤劳、勇敢是不够的，还要有智慧才行啊。

（太阳公公将四个孩子的手摞在了一起，四只小手又一次攥紧了套马杆。）

四个孩子：（会心一笑，齐声）太阳公公，我们明白了！我
　　　　　们明白了！

太阳公公：（捋着胡须）明白就好，明白就好！

（欢快的乐曲响起，舞台上扮演花草、树木、牛羊、鸟儿和
小动物的小演员们纷纷上场，舞蹈、歌唱起来。）

（突然，舞台上的灯光暗下来，舞台幕布现出了浩瀚星空的背
景：那里有无数的飞行物穿梭，还出现了巨大的飞船……）

毕力格太：（惊奇，恍然大悟地）哎呀！我想起一件事！

太阳公公：（疑惑地）什么？

其他三个孩子：想起了什么？

毕力格太：（手指着飞船）就是它！我要用这套马杆降服
　　　　　它！到了春夏季节，我要让它飞到南方，把那些
　　　　　要下雨的云彩装在它的大肚子里，再飞到北方，
　　　　　把雨下在北方干旱的土地上……

三个孩子：什么？这么神奇？

太阳公公：（沉思、点头）好，好啊！

毕力格太：您同意了？

太阳公公：同意，当然同意！那要靠你们喽……

四个孩子：（欢呼、跳跃）太好喽！

（欢快的音乐响起，舞台上沸腾起来——）

　　　　　　　　　　　　　　　　　　　　——全剧终

题注： 多为孩子们写一些寓教于乐的文艺文学作品是我的不懈追求。记得那首与女儿合作完成的儿歌《我最棒》，由蒙古族音乐制作人道日淖用 rap 形式谱曲完善，由呼和浩特少年宫合唱团以蒙汉两种语言演唱录制后，收录到了内蒙古文化音像出版社《草原童声》CD 公开发行。一次路过某小学门口，无意间听到了这首歌的熟悉旋律，心里充满欢喜。之后想到，每个孩子都很棒！他们都需要在鼓励、赞美、信任、爱意的环境中健康快乐成长！这不仅是学校、家庭的责任，更是全社会的责任……由此我也产生了写一部儿童舞台剧的想法，旨在让更多的孩子在音乐的熏陶下，在快乐玩耍和趣味游戏中体会生活的真善美，感悟前进路上克服困难、勇敢坚强的点滴道理……

2021 年 9 月

太阳花盛开的一天

上　集

（广播剧片花——）

解　说：7月的一个清晨，在呼伦贝尔草原鄂温克族自治旗
　　　　巴彦托海镇上，美丽的太阳花又开始了一天平静的
　　　　绽放……

（脚步声、收拾东西声）

阿　朵：额讷（妈妈的意思），我阿帖（奶奶的意思）那个
　　　　宝贝箱子呢？今天我们有手工课。

安　娜：自己找。

阿　朵：没有找到。是不是阿帖出门，你趁机给扔了？

安　娜：我哪儿敢扔你奶奶的宝贝啊？她回来还不得训我
　　　　呀！你好好找找。

阿　朵：阿帖说要把她的宝贝给我了，还让我好好保管呢。

安　　娜：不就是一个针线盒儿吗？

阿　　朵：谁说的？阿帖说那可是传家宝。咦，在这儿呢。
　　　　　　哇！这里面有好多她做的东西，真漂亮。

安　　娜：行，行。传家宝。

（电话铃响起）

阿　　朵：我阿敏（爸爸的意思）的电话?！

安　　娜：你爸的电话我来接。快收拾书包吧。（免提效果）喂？

苏雅拉：喂，你好。是莫根老师家吗？

安　　娜：是的。您找他？他不在。您是？

苏雅拉：噢，安娜吧？我是"太阳花工作室"的苏雅拉。莫
　　　　　根老师的手机关机了，我只好冒昧打到你家里了。
　　　　　不好意思啊，你能找见他吗？

安　　娜：（带着气）我也不知道他去哪儿了，手机一直关机，
　　　　　一夜不归。

苏雅拉：（有些着急）噢，是这样啊。那——那这样吧，如果
　　　　　你一会儿能见到他，让他马上跟我联系一下好吗？

安　　娜：好吧。再见！

（安娜带着气挂断电话）

阿　　朵：额讷，我阿敏干吗去了？

安　　娜：（气鼓鼓地）谁知道。整天除了太阳花，还是太阳花。
　　　　　这一家，祖孙三代算是迷上太阳花了。你奶奶都那
　　　　　么大年纪了，还到处去教人家怎么绣太阳花；儿子
　　　　　又天天长在"太阳花工作室"，这个家呀简直越来

越不像样子了。

阿　朵：（有些责怪地）额讷，别说我阿帖和我阿敏坏话，他们俩都是太阳花的非遗人物，老厉害了。

安　娜：行，厉害厉害。

阿　朵：我阿帖那可是被人家隆重邀请去的，展示做太阳花的手艺；我阿敏那是太阳花的……

安　娜：（打断）好了，好了。收拾好了吗？咱们得走了。

阿　朵：马上。

安　娜：我跟你说啊，额讷今天可是有一大堆的事情呢，三四个旅游团要接待。中午回不来，让你阿敏给你做饭吧。

阿　朵：（不情愿地）噢，好吧。

安　娜：走了，快点。

（脚步声、关门声）

解　说：安娜和女儿阿朵刚出门不久，丈夫莫根（聪明人之意）便领着一个小男孩进了家门。

莫　根：（开门、关门声）嗨，我回来了。阿朵？安娜？咦，咋没人呢？豆豆，看来她们已经去学校了。

豆　豆：啊？已经走了？我还想和朵朵一起去学校呢。

莫　根：没事，豆豆。一会儿叔叔骑电动车送你。耐心等一下，等叔叔给手机充上几分钟的电就送你去学校啊。

正好叔叔也要去学校呢，放心，咱们迟到不了。

豆　豆：好吧。

莫　根：咦？小箱子咋不见了？额讷走时没带这个箱子呀，
　　　　没准儿是阿朵拿到学校去了？

（教室里学生们叽叽喳喳戏耍的声音）

（上课铃声、片刻）

众学生：（起立声）老师好！

老　师：同学们好！请坐！同学们，今天五年级的手工课，
　　　　是请咱们鄂温克旗"太阳花工作室"的莫根老师来
　　　　给我们上。太阳花是我们鄂温克民族古老的传统手
　　　　工艺品，大家今天一定要好好跟莫老师学习，听见
　　　　没有？

众学生：（齐声）听见了！

老　师：那好，下面我们热烈欢迎莫老师给我们上课。

（掌声）

莫　根：同学们好！今天我们一起来学做太阳花。在做太阳
　　　　花之前，我想先问问谁知道太阳姑娘的传说？

众学生：我知道，我也知道。

豆　豆：阿朵可会讲了。是她奶奶讲给她的。她奶奶是非常
　　　　出名的非遗人。

众学生：（笑）

莫　根：（自语）这个乌娜吉罕（姑娘的意思）还真是有心，

箱子果然被她带来了。

（面对学生道）那咱们就让阿朵给大家讲讲，好不好？

众学生：好！（掌声）

阿　朵：这个传说阿帖给我讲过好多遍了。相传很久以前，（阿朵的声音减弱，阿朵奶奶的声音清晰萦绕）鄂温克人生活在阴暗寒冷的森林里，常年见不到光明，人们祈求向往温暖和光明。而太阳是一位勤劳的姑娘，她的名字叫希温·乌娜吉。她每天都会把光明和温暖带给生活在密林深处的鄂温克人。大家为了纪念她，就叫她太阳姑娘，鄂温克人用牛羊和貂的毛制作成各式各样象征太阳光芒图案的太阳花饰品，寓意吉祥和温暖。（阿朵声切入）所以，大家看到的太阳花，多像一张张笑脸啊。

众学生：（掌声）好！讲得好！

莫　根：阿朵同学讲得非常好。同学们，你们说太阳是不是很温暖？

众学生：太阳当然温暖了。

莫　根：对！太阳非常非常温暖。因为"太阳姑娘"不仅能给鄂温克人带来光明和温暖；还能让森林呀、大地呀到处都变得五颜六色，特别美丽。所以，我们今天就来做一朵太阳花，也让它把温暖、美丽和祝福带给更多的人好不好？

众学生：好！

（有几个学生窃窃私语）

学生甲：哎，瞧见没？他是阿朵的爸爸。

学生乙：咦？真的啊，就是阿朵的爸爸。怎么是他教咱们做手工啊？

莫　根：同学们，我们今天的手工课需要准备这几种材料。你们看，有针、小剪子，几块毛皮，还有这些彩色的小珠子和彩色的线。你们都带了没有？

众学生：带了。

莫　根：没有带的同学、带得不全的同学不要紧的，你们可以到我这里拿啊。

女生甲：我带的不全。

女生乙：我没有彩色的线。

莫　根：（和蔼地）来吧，过来拿吧。

阿　朵：这可是我奶奶的宝贝箱子，里面啥都有，是我家的传家宝。

学生甲：（嘲笑）哈哈……还传家宝。阿朵，你爸是个男人，咋来教我们做针线活儿？

学生乙：就是，男人咋干这个啊？哈哈……

豆　豆：谁说男人不能做针线活儿？谁说的？人家阿朵爸爸老有名了！你知道吗你？

学生甲：啥有名啊？我看是……是特别不像男人的有名吧？

学生乙：对，不像男人的出名。

（一片哄笑声）

阿　朵：（气愤地）不许你们说我爸爸。

豆　豆：你们不许笑话阿朵，都不许笑。

学生甲：关你啥事？你个"小豆包"。

豆　豆：就关我的事，就关我的事。你们欺负阿朵就是不行！

（同学们撕打在一起气喘吁吁的声音）

学生乙：（唯恐不乱地）噢，打起来喽，快看那儿，打起
　　　　来喽——

莫　根：哎，咋打起来了？是豆豆。住手，你快住手豆豆。

豆　豆：就不！他们欺负阿朵，还笑话你呢。

阿　朵：（委屈地要哭）爸——呜——呜——

莫　根：阿朵，别哭。豆豆，快住手。

豆　豆：不！他们说得可难听了，还说你……说你不像男人。

莫　根：别打了，快松开——

豆　豆：（痛苦地）啊——

（箱子重重落地声）

众　人：哎呀，箱子摔坏了。张小豆，张小豆，好像胳膊扭
　　　　伤了。快，上医院，上医院吧。

解　说：豆豆胳膊打着绷带仰躺在家中的床上，莫根、阿
　　　　朵、豆豆妈妈和几位老师、学生围在他身边。

莫　根：各位老师，你们不是还有课吗？先回学校上课吧。
　　　　有我们几个在就行了。

老师甲：嗯……那好。莫老师、张小豆妈妈，我们还有课，就先回学校了。今天真的不好意思，几个孩子这么淘气不懂事，让张小豆同学受了伤。回头他如果有什么新情况，请马上告诉我们。好吧？

莫　根：好好。放心吧。

老师乙：张小豆妈妈，你放心，我们也通知一下那几个淘气孩子的家长，让他们到你家里来一趟……

豆豆妈：老师，不用，不用，不用告诉家长了。小孩子们淘气，哪有不磕磕碰碰的。再说，我们豆豆不也是动手打了人家吗？他没啥大事，不用告诉家长了。

老师甲：你真是个开明的家长啊。如果有什么事儿，及时告诉我们。

豆豆妈：好！行！

老师甲：那咱们走吧。

豆豆妈：慢走，老师。

莫　根：慢走。

老师乙：好，快回去照顾孩子吧。

（远去的脚步声、关门声）

莫　根：豆豆，还疼吗？

豆　豆：（憨憨地）没事，不疼了。

阿　朵：你的手都肿了，肯定疼的。

豆　豆：真没事，嘿嘿，我是男人。

豆豆妈：莫大哥，你别着急。刚才在医院，医生说了没啥大事，就是肌肉扭伤了，休息两天就没事了。

莫　根：（叹气）没想到好好的一堂手工课竟然没上成。看来，让小小太阳花真正走进大家的心里，还是需要时间的。

豆豆妈：莫大哥，你别多想。

莫　根：小孩子们的想法，往往反映出了好多大人的心理呀。

豆豆妈：小孩子们都淘气不懂事，你不要太在意。

莫　根：（轻轻叹气）咋能不在意？我们家就有一个不太理解太阳花的人。准确地说是不太理解我的工作。

豆豆妈：莫大哥，你是说……安娜大姐呀？

莫　根：是啊。

豆豆妈：唉——"太阳花工作室"从创办到今天多不容易呀，我是看在眼里的。你们图啥？不向外界要一分钱，还解决那么多人的就业。你们不就是图把鄂温克民族的传统文化传承下去吗？你们为了帮助我们家脱贫，还让我加入到你们太阳花队伍中。我真的是——不知咋感谢你，感谢"太阳花工作室"。

莫　根：豆豆妈，帮助你家是应该的。你手巧，又肯做。只要喜欢做这件事，日子一定会很快好起来的。

豆豆妈：我信，我信。

莫　根：帮我找个锤子来。

豆豆妈：噢，好。

莫　根：（坚定地）说啥也要让太阳花进校园。必需的！这

不仅仅是苏雅拉给我的任务，往大了说，那是习近平
总书记给的任务。他那么重视传承中华优秀文化这
件事，还说中华优秀传统文化是中华民族的根和
魂，要让它们都活起来。

豆豆妈：你记得可真清楚啊，莫大哥。

莫　根：我都记着呢。必须记着。让太阳花走进校园，那是我
　　　　们"太阳花工作室"所有人共同的心愿。必须做好！

豆豆妈：你说得太对了。

莫　根：一会儿我就再去一趟学校和校领导说说，争取下午
　　　　给孩子们补上这一课。

阿　朵：阿敏，我支持你！

豆　豆：叔叔，我也支持你。

莫　根：（笑）你们这两个小可爱。

豆豆妈：我们都支持你！

阿　朵：阿敏，我们是你强大的亲友团。为你点赞！加油！

莫　根：好哇，谢谢你们！（伴着敲敲打打声）

阿　朵：阿敏，阿帖的宝贝箱子能修好吗？

莫　根：能。阿敏马上就能修好。哎，咋样了豆豆妈，昨晚
　　　　教你绣花蕊的手法没啥问题了吧？

豆豆妈：我再多练练，你放心吧。

莫　根：豆豆妈，你们拿针走线的方式和我们鄂温克人的不
　　　　太一样，我们是用食指戴顶针，针尖朝着自己，从
　　　　外向里走线。你们是用中指戴顶针，从右向左走

线。所以，绣花蕊时走线要特别注意才行。

豆豆妈：我记住了。

莫　根：苏雅拉走的时候特别强调这批货一定要保证质量，这可是国际旅游团要的货。

豆豆妈：莫大哥，你就放心吧，我保证不会拖大家的后腿儿。

莫　根：箱子修好了。阿朵，快中午了，该跟阿敏回家了。

阿　朵：阿敏，我想在这里陪豆豆。

豆豆妈：莫大哥，就让朵朵在我家吧。

莫　根：这咋行？她在这里会捣乱。

豆豆妈：没事。我家也没什么好吃的，我们吃啥她跟着吃啥就是了。这儿离学校又近，下午去上课方便。

莫　根：豆豆胳膊伤了需要休息，你还要赶做太阳花呢，下午就得把这些货做完送过去，哪顾得上再管她呀？

阿　朵：不嘛，我想在豆豆家。反正阿帖不在，我额讷中午也不回家。

莫　根：啊？你额讷说了中午不回家？

阿　朵：嗯。额讷说她有一大堆接待工作要做，让你给我做饭，还说有个外地的朋友要回来。

莫　根：噢？朋友？她说是谁？

阿　朵：没说。阿敏，额讷都生你气了，昨天晚上给你打了好多次电话呢。

莫　根：（歉疚地）阿敏昨晚在这儿帮豆豆妈做太阳花呢，手机没电了，我又怕回去把你和你妈吵醒了，就没回去。

豆豆妈：嗨，我太笨了。花蕊总也绣不好，害得你也跟着熬
　　　　了一晚上。回头我去跟安娜大姐解释一下，免得你
　　　　们夫妻间有误会。

莫　根：（笑）嗨，这倒不会。没事，没事。你是不知道啊，
　　　　安娜是对我做太阳花这件事儿一直有些不理解。阿
　　　　朵奶奶是非遗传承人，我呢又没有姐姐和妹妹，她
　　　　老人家就教了我不少，还总说手艺不能在这儿断
　　　　了。所以，我必须把太阳花做好，传承下去。

豆豆妈：是啊。老人家都 70 多岁了，还四处奔走去教人手
　　　　艺呢。让人敬佩呀。

莫　根：安娜觉得我一个男人做这个，可能面子上过不去，
　　　　我又常常忽略了家庭，让她身上的担子很重，对此
　　　　我很愧疚，但还是希望能够得到她的理解。好了，
　　　　我先走了。

解　说：莫根从豆豆家出来，没走多远，他的手机响了。

（手机铃声响起）

莫　根：喂？是苏主任啊。

苏雅拉：哎哟莫根，你这是咋回事呀，手机一直关机？

莫　根：不好意思啊，我手机没电了。你到北京了？

苏雅拉：到了。

莫　根：那边会展的事儿怎么样了？

苏雅拉：正在布置场地呢。喂，你先别问我这边情况，我想
　　　　问你学校手工课上得咋样？

莫　根：课倒是上了一点儿，可任务还没完成呢。

苏雅拉：咋回事？

莫　根：嗨，一两句话跟你说不清楚。不过你放心，我肯定
　　　　完成任务。

苏雅拉：哎，你知道太阳花走进校园多重要，它的意义是什么。

莫　根：我当然知道。苏主任，你就放心，好好地在北京搞
　　　　文化展吧。

苏雅拉：下午那批货咋样了？没问题吧？

莫　根：放心，放心，保证没问题。

苏雅拉：那就好。哎，莫根啊，早上我给你打电话你关机，
　　　　就打到你家找你。我可是觉得安娜在生你的气。回
　　　　头你要好好表现表现，别一工作起来就啥也不顾的。

莫　根：（憨笑）这还不都是跟你学的吗？

苏雅拉：哎，我可没让你不顾家啊。

莫　根：行，行，没事儿。

苏雅拉：别不当回事儿啊。工作得忙，家也得管啊。

莫　根：好的，知道了。

苏雅拉：哎，对了，旅游局乌局长刚刚给我来过电话，说他
　　　　那边给敲定了 500 件太阳花，要求咱们 5 天之内必

须赶做出来。

莫　根：啥？5天？500件？咋可能？

苏雅拉：不可能也得可能。这500件货可是一位国外客户要的，5天后人家可是要带回去的。

莫　根：这是大好事儿。我们太阳花走出国门，太好了。

苏雅拉：看来我们的太阳花事业真走出国门了。

莫　根：是啊。

苏雅拉：所以，你得赶紧安排一下啊，咱们现在不是已经有8个工作室了吗，你把这个任务分配下去，让大家都辛苦辛苦啊。

莫　根：好，苏主任。

苏雅拉：这个任务必须高质量完成啊。这可是关系到咱们的"太阳花工作室"能不能发展壮大的大事儿。

莫　根：啊？这么严峻啊？

苏雅拉：当然。旅游景点里民族文化产业园要扩建，我们的"太阳花工作室"也必须扩大才行。另外，我和乌局长谈过几次了，他虽然说过旅游景点的场地如何如何紧张，民族文化园各类项目太多扩大起来有多困难，但也没说"太阳花工作室"增加品种扩大面积不行啊，是吧？所以，让你爱人安娜也多支持支持你的工作。安娜可是旅游局接待办的主任，有了她的理解与支持，我看咱们工作室扩大的事儿应该有希望。

莫　根：我明白了。下午忙完学校手工课就抽时间过去找安
　　　　娜，好好跟她说说。

剧尾音乐起

混　播：广播剧《太阳花盛开的一天》（按出演顺序播报演
　　　　职人员）

下　集

（广播剧片花——）

安　娜：哎，小李，上海旅游团那 40 位客人几点到？

小　李：好像是下午 4 点多，应该快到了。

安　娜：你去对接一下，一定安排好住宿。

小　李：好的，安主任。

安　娜：北京那几位客人呢？

小　李：飞机应该也快落了。

安　娜：这几位客人里面，可有我一位重要的客人。

小　李：重要客人？

安　娜：我的朋友。

小　李：您朋友？这几位不是国外来的客人吗？

安　娜：是国外客人啊，但我这位朋友，她也是咱们鄂温克
　　　　旗走出去的。

小　李：是吗？那可要好好接待。

（敲门声）

安　娜：请进。

莫　根：嗨，大忙人在呢？

小　李：呦，莫老师，您好！您来了。

莫　根：你好，小李。

安　娜：（感到奇怪又冷声冷气地）是你？你来干啥？

小　李：安主任，那我先忙去了，你们谈。

安　娜：一会儿他们到了告诉我。

小　李：我把她领到您这儿来。

安　娜：好。

（小李带门声）

莫　根：就不让我坐下？

安　娜：想坐就坐呗。

莫　根：一晚上没回家，你生气了？

安　娜：你还像是有家的人吗？

莫　根：手机没电了，回家取充电器吧，又怕惊动了你和阿
　　　　朵。所以……

安　娜：哼，再忙就不能借个电话给家里打一个呀？

莫　根：你又不是不知道，豆豆家哪来的电话呀。那家穷
　　　　的，唉——看着就让人心酸。豆豆爸爸在的时候
　　　　吧，在煤矿工作还有固定收入，可从他生病到去
　　　　世，把家折腾得啥都没有了。豆豆妈一个女人没有

工作，又带着个孩子，真不容易。

我们"太阳花工作室"这次帮扶她家，她可高兴了，学得也挺快，就是太阳花中间的花蕊针法上有点问题，我就帮她做做，怕今天下午她活儿赶不出来影响了交货。

安　娜：（嘟囔着）哼，找理由。

莫　根：我知道，这几天额讷被人请去传授手艺，家里就你一人忙，很辛苦……

（电话铃声响起）

安　娜：喂？噢，到了是吗？好，一会儿领到我办公室来。

莫　根：我……

安　娜：（打断莫根）喂，莫根，我今天真的挺忙，没工夫听你给我讲你们那个太阳花。

莫　根：我们？（欲发火，忍住）那……那行，我就跟你说个重要的事儿。我们太阳花在旅游景区不是有工作室吗，现在来咱们这里旅游的人越来越多，喜欢太阳花系列产品的人也越来越多，我们想把工作室扩大一下，这样我们的"太阳花工作室"就能……

安　娜：（不耐烦地）哎呀，又是太阳花，太阳花。你说你一个大老爷们儿，老是盯着那些针呀线呀的，还走哪儿拎着个针线箱，让我说你啥好呢？行了行了，你先回去吧，真的有重要客人马上就到。

莫　根：（叹了口气）好吧，那……那你就先忙吧，回头再说。

安　娜：（冲着迈出门的莫根喊道）哎，晚饭你和阿朵吃吧，
　　　　我肯定是回不去啊。

（开门关门声，片刻）

小　李：安主任，客人到了。里面请！

斡日切：安娜——

安　娜：斡日切（天鹅、吉祥鸟之意），亲爱的。噢——
　　　　好多年不见了，太想你了。

斡日切：我也想你。抱抱——

安　娜：小李，你先照顾一下其他客人，我们马上就过去啊。

小　李：好，安主任，你们聊。

安　娜：哼！你这家伙突然回来，还这么神秘，不告诉我啥
　　　　事儿。不会是专程回来看我的吧？

斡日切：想得美。你有什么好看的？说出来你可别伤心啊，
　　　　我这次回来，是专程拜访一个人的。

安　娜：瞧瞧，还神秘兮兮的，谁呀？

斡日切：（一字一句）你额迪（丈夫之意）——老公。

安　娜：去去，没正形儿。

斡日切：真的。没和你开玩笑。没看见我还领来了几位客
　　　　人？他们也都是想见见你老公的。

安　娜：谁信啊？总拿我开心，你还跟小时候一样，总骗我。

斡日切：这次还真没骗你，我是认真的，就是想见见他。

安　娜：见他？他有啥好见的？刚被我给气走。

斡日切：什么？刚走？哎，快快，快把他叫回来。快呀。

安　娜：干吗？别闹，让我好好看看你。

斡日切：嗨！这么跟你说吧，你额迪莫根，他可是重量级的
　　　　人物。快打电话把他叫回来。

安　娜：啥重量级呀？不就是个工艺品传承人吗。也就是
　　　　你，不怕你笑话我，每天拿针拿线的，人家都说他
　　　　那个……

斡日切：哪个？

安　娜：（没好气地）说他不像个男人！

斡日切：（片刻、恍悟）嗨！安娜，你身边有个大宝藏你知不
　　　　知道？我们这次真的就是万里迢迢专程来这里找他
　　　　的。我告诉你啊，今天晚上，我要请他。我们要好
　　　　好和他聊聊他们那个"太阳花"事业。真的。

安　娜：那你直接找他们的领导苏雅拉不是更好吗？

斡日切：没错。苏雅拉是他的领导，太阳花的带头人。但
　　　　是，我们这次要找的是你额迪——莫根。

安　娜：（奇怪地）哎？斡日切，你好像啥都清楚哎。干吗
　　　　非要找老莫？

斡日切：看在你是我朋友的份儿上，晚上你也一起来啊。

安　娜：十几年了，你好吗？在国外那边做啥呢？口音好像
　　　　还没咋变啊——

（声音减弱）

阿　朵：豆豆，看，这是我做的太阳花。

豆　豆：真好看。下午又上手工课了？

阿　朵：嗯。我阿敏教的。

豆　豆：真的？真好。

阿　朵：我阿敏下午上课的时候，可受欢迎了。有好多老师
　　　　都去了。还有，还有几个外国人呢。

豆　豆：（吃惊）真的？唉，可惜我没去，没看见。哎，那
　　　　几个笑话人的家伙呢？

阿　朵：他们……嗯……还行，好像都挺认真的，还使劲鼓
　　　　掌呢。

豆　豆：你看见了？

阿　朵：我看见了。

豆　豆：哼，他们就是小瞧人吧。

阿　朵：校长说，以后让我阿敏每周都去学校教一堂手工
　　　　课，还说……开展太阳花小小志愿者活动，让大家
　　　　都积极报名参加。

豆　豆：志愿者活动？

阿　朵：就是……就是宣传太阳花的一些活动。比如说，到
　　　　旅游景点呀，做太阳花讲解员，好多好多地方都
　　　　能去……

豆　豆：你报名了吗？

阿　朵：当然报了。那是必需的。我是我阿敏的女儿，必须
　　　　百分百支持他。嘿嘿……

豆　豆：嘿嘿……

阿　朵：我还给你报了呢。

豆　豆：真的，太好了。

阿　朵：今天晚上，太阳花志愿者培训班就开课，咱们一起去听吧。

豆　豆：好啊。

阿　朵：哎哟，你的手啥时候能好啊，等你好了，我教你做太阳花。

豆　豆：嘿嘿，行。

阿　朵：这个太阳花就送给你吧。

豆　豆：给我了？谢谢！

阿　朵：我给你戴上。让它给你送去温暖，送去力量！让你的胳膊快点好。

（两人会心而笑）

豆豆妈：（开门声）朵朵来了？放学了？

朵　朵：是的，阿姨。

豆　豆：妈，我们当志愿者了。

豆豆妈：志愿者？啥志愿者？

豆　豆：朵朵替我报的名。就是小小太阳花的志愿者。

朵　朵：阿姨，就是小小宣传员，太阳花的宣传志愿者。

豆豆妈：（笑着）我知道了。志愿者，太好了。你们呀，可得好好当这个志愿者，把太阳花的精神宣传、传承下去。

豆　豆：妈，瞧，这是朵朵做的太阳花，她送给我了。

豆豆妈：我看看。哎哟，真不错。朵朵就是聪明。

豆　豆：妈，人家朵朵这叫遗传。

豆豆妈：对对，遗传。朵朵奶奶和爸爸都是太阳花非遗传承人，朵朵当然也差不了呀。哪像我，笨手笨脚的，学了好长时间。

豆　豆：妈，那是因为咱俩不是鄂温克人，咱不是遗传。

豆豆妈：（笑）对！咱不是遗传，咱得叫……叫传承对不？

豆　豆：对，是传承。

豆豆妈：人家肯手把手地把他们民族的传统工艺教给我们，帮咱们娘俩脱贫，我们要好好干不能落后呀，更不能让太阳花在我们这儿失去一点点的颜色。咱得好好传承。

朵　朵：阿姨，你哭了。

豆豆妈：没事，孩子，阿姨是高兴的。

（手机铃声）

豆　豆：（惊喜）手机？妈，你买手机了？

豆豆妈：是"太阳花工作室"刚给买的。说为了工作方便。喂？是莫大哥啊？

莫　根：豆豆妈，我正在工作室呢，看到你送过来的货了。不错，做得挺好的。

豆豆妈：是吗？合格了？

莫　根：合格了，100 分。

豆豆妈：那得谢谢你莫大哥，都是你的功劳啊。

莫　根：谢啥？客气了。我想试试你的手机咋样，好不好用。

豆豆妈：好用，好用，可清楚了。

莫　根：这以后工作起来就方便了。

豆豆妈：是啊。谢谢你，谢谢工作室啊。

莫　根：豆豆妈，还真有个事儿。小张和小陈不是新来咱们
　　　　工作室不久吗，你抽时间过去教教她们，多给讲讲
　　　　花蕊的绣法。我这儿忙得实在……

豆豆妈：好的，没问题。莫大哥，你事儿那么多，你忙你的。
　　　　我一定抽时间过去。

莫　根：还有啊，苏雅拉又给咱们新任务了，500 个太阳花
　　　　的订单，5 天必须高质量完成。

豆豆妈：噢，您放心。我一会儿就过去，保证把他们教会了。

莫　根：不好意思，还有个事儿要拜托你一下。

豆豆妈：啥事？大哥你就说吧。

莫　根：阿朵晚上还得让你给照顾一下。

豆豆妈：她正好在我家呢。

莫　根：实在不好意思。是安娜的闺蜜来了，晚上要一起吃
　　　　个饭。阿朵奶奶明天才回来，我……

豆豆妈：那你得去，去吧，得好好表现表现。

莫　根：我主要想过去和她说说咱们"太阳花工作室"扩大
　　　　那件事……

（手机铃声响起）

莫　根：那就这样了豆豆妈，我有电话进来了。咱们先挂了啊。

豆豆妈：好，你放心去吧。

莫　根：喂，是苏主任啊，什么指示？

苏雅拉：莫根你听着啊，今天晚上可有个重要的活动你必须
　　　　参加一下。

莫　根：啥重要活动？

苏雅拉：咱们旗旅游局，就是安娜单位那位乌局长，之前我
　　　　不是为了扩大咱太阳花产业找过他吗？今晚他要请
　　　　一位国外来的客人，让我过去，顺便说说"太阳花
　　　　工作室"进民族文化园的事，我说我在北京忙艺术
　　　　展呢，让你过去。

莫　根：啊?!

苏雅拉：重要吧？

莫　根：是挺重要的。

苏雅拉：所以你必须去，好好再跟他聊聊，争取把这件事搞
　　　　定了。

莫　根：我行吗？

苏雅拉：行啊，必须行！

莫　根：那……我去！我去！

解　说：一边是爱人的朋友点名要见，如果不去，爱人对他
　　　　的意见必定会更大。可另一边又是硬任务，是关系

到"太阳花工作室"在民族文化园能否扩大的大事。莫根想了想,拨通了爱人安娜的手机。

莫　根:喂,安娜?

安　娜:噢,你到哪儿了?

莫　根:我……我……

安　娜:我啥呀?我们可是正往酒店去呢,你快点啊,别迟到。

莫　根:哎,安娜,我跟你说啊,我可能……

安　娜:啥可能?我可告诉你啊,你今天有天大的事儿,也得放下过来。斡日切大老远回来一趟不容易,她点名要见你,还说有非常非常重要的事跟你说。你看着办吧。

(手机忙音)

莫　根:喂?喂?是斡日切?

解　说:莫根想了想,决定还是先去见乌局长,因为在他心中,太阳花太重要了。当莫根赶到酒店时,发现旅游局乌局长已经到了,奇怪的是,安娜她们也都在。

乌局长:啊,欢迎,欢迎。不用介绍,这位一定就是我们今天的主角莫根。

莫　根:(茫然地)这……你们……噢,你好乌局长。

乌局长:来来,大家先坐下,坐下。

莫　根：（悄声地）安娜，你咋在这儿……

安　娜：我？我咋不能在这儿？

莫　根：这是咋回事？把我闹蒙了。本来我是想先来乌局长
　　　　这边，然后再去你们那边。没想到……

乌局长：没想到大家到一起了是吗？

莫　根：（憨笑）我以为两回事儿，两个地方呢。

安　娜：噢（恍悟）我明白了。乌局长，你看见了吧，看见
　　　　了吧，我家老莫从来就不把我的事儿当回事儿，我
　　　　在他心里根本就没位置。今天晚上幸亏是一件事，
　　　　不然，他不可能出现在我面前。

乌局长：夸张了吧？夸张！

安　娜：夸张？不信你问他是不是为了他们那个太阳花的事
　　　　儿专门奔着你来的？你问问。

乌局长：哈哈……为太阳花就对了嘛。今天的主题不就是太
　　　　阳花吗？啊！来来，忘了给你们介绍了，这位是我们
　　　　鄂温克旗的大名人莫根；这位就是安娜的朋友，专
　　　　程从国外来拜访你的斡日切，是咱们的家乡人啊。

莫　根：你好！总听安娜说起你。

斡日切：你好大名人！

乌局长：斡日切女士是从我们鄂温克旗走出去的，她在文化
　　　　旅游界可是很有影响啊。这次回来要见你，目的就
　　　　是把家乡的传统文化传播出去……
　　　　苏雅拉、莫根他们有个非常好的想法，要在咱们民

族文化园里把"太阳花工作室"再扩大一些。市场
需求越来越大，太阳花品种更要多样化、系列化，
我们的传统文化项目向产业化方向发展势在必行。
这个想法我要大力支持啊。

莫　　根：（兴奋地）哎呀乌局长，这么说你同意了？真是太
感谢你了。来之前我还担心你……

乌局长：担心什么？担心我不会支持你们？（爽朗的笑声）
我不是支持个人，我是支持你们这个项目，支持太
阳花事业。

斡日切：乌局长，你太好了。谢谢你！

乌局长：你们都不要谢我，应该好好谢谢安娜。

安　　娜：谢我？干吗谢我？我又没做啥。

乌局长：没有你，我能这么关注太阳花吗啊？（笑）哈哈哈……
你有一位了不起的哈达莫额尼（婆婆之意），70多
岁了，还到处传经送宝；又有一位出色的老公莫
根，他就像他名字一样聪明能干又执着啊；还有这
位如此优秀的朋友斡日切，像天鹅、吉祥鸟一样飞
到国外去了，也不忘为家乡太阳花事业的传承发扬
光大做努力。不谢你谢谁呀？

解　　说：安娜感觉到一些羞愧，之前对婆婆、丈夫是那么地
不理解，甚至还有些……

斡日切：怎么样，莫根？这次邀请你带着你的太阳花，带着

手艺，跟我去法国走一趟行吗？

莫　根：（憨笑着）

斡日切：哎，安娜，说话呀，同不同意？我要把你老公带走
　　　　20天，愿不愿意？

安　娜：（扭捏地）

斡日切：莫根，怎么样？说话。

莫　根：只要是对我们的太阳花发展有利有益，我当然愿意。

乌局长：好！来吧，让我们一起举杯，为家乡，为合作，为
　　　　太阳花干一杯。

众　人：干杯！

（碰杯声、掌声、笑声）

安　娜：（悄声地）哎，你把阿朵一个人放在家了？

莫　根：在豆豆家呢。你放心，饿不着她。

安　娜：就是你们帮扶的那个对象？

莫　根：对，两个小家伙关系可好了。豆豆那个小家伙还真
　　　　有点男子汉的劲儿，关键时候还知道保护咱朵朵。

安　娜：阿帖明天一早回来，你别忘了接她。

莫　根：遵命！

（两人会心一笑）

安　娜：你咋还拎着针线箱呢？

莫　根：（悄声地）这不没来得及回家吗。

安　娜：没想到你们小小的太阳花，名气还真不小。

莫　根：（有些责怨地）你以为呢？也只有你瞧不起。你放

心，我们的"太阳花工作室"在民族文化园扩大规模后，一定会吸引更多的人了解太阳花，太阳花系列产品越来越多，一定要做成产业化，太阳花事业……

安　娜：（制止）行了行了，又来了，一说起太阳花就没完没了。

乌局长：哎哎，你们夫妻两个有什么话回家再说好不好？

斡日切：就是，别忘了我们都还在呢啊。

莫　根：（猛然地）哎呀，几点了？我差点忘记了，今天晚上"太阳花小小志愿者"培训班开课，我还要过去给孩子们说说呢。

乌局长：噢？"太阳花小小志愿者"培训班？这个好，好哇。那各位，我看咱们一起都过去瞧瞧怎么样？

莫　根：乌局长，斡日切，你们要是能过去那可太好了。

乌局长：我们去看看那些小小的太阳花，见证见证他们一朵朵是怎么成长、绽放的。哈哈哈……

众　人：对！走，走！

（剧尾音乐起——）

混　播：广播剧《太阳花盛开的一天》（按出演顺序播报演职人员）

——全剧终

题注： 在千百年来的狩猎生活中，鄂温克人创造了极具特色的兽皮文化。太阳花是鄂温克民族手工制作技艺之一，被列入内蒙古自治区级非物质文化遗产项目。我一直在思考：为什么一件小小的手工艺品能世代相传？或许生命正是在这漫长而温暖的传承中被激活的吧……为什么一个男人热衷于这样的传承？或许他想让太阳花这个生命走得更远……为什么一群人热衷于这样的传承？或许他们想要把整个世界都装扮得如太阳花般美丽……于是，我便采用广播剧方式，也极力想走进这支传承太阳花的队伍……

2019 年 3 月 23 日

野马河

上　集

（百灵鸟鸣叫声、各种动物嬉戏声、河水流淌声……

解　　说：在锡林郭勒草原的吉尔嘎拉图牧场的北边，有一
条神秘的、变化莫测的季节性河流，当地的牧人
称它为洪格尔高勒（可爱的河）。可老牧人道布
森却叫它塔黑高勒（野马河）。因为他在这里多
次发现了野马，驯服过野马，尤其那匹黑缎子般
的野马和他相遇后，道布森的心就再也没有平静
过……野马河的名字就这样慢慢传出去了。

哈斯朝鲁：（非常高兴地）阿爸，阿爸，海日要回来啦！
道 布 森：什么？你说海日吗？就她一个人吗？
萨 如 拉：（高兴地自言自语）海日回来了？太好啦！
哈斯朝鲁：还不清楚，阿爸。

道布森：（强调）我是问你就她一个人回来吗？

哈斯朝鲁：阿爸，心里想乌力吉仓了吧？

道布森：他永远别回来！（自言自语地）哼！想驯服野马，不靠真本事，还想剪掉马鬃……混账东西，他不是我儿子！

解　说：老牧民道布森陷入回忆中。

（切入回忆）

（一声发闷的枪响过后）

哈斯朝鲁：（气喘吁吁并有些痛苦地）啊——啊——

道　布　森：你的手怎么了？哈斯朝鲁？

哈斯朝鲁：阿爸，套马杆的皮绳还在野马的脖子上呢……

道　布　森：你弟弟乌力吉仓呢？

哈斯朝鲁：在后面。过来了。

（野马嘶鸣声、打着鼻响声，众人赞美声）

牧　民　1：道布森这二儿子可真聪明，用麻醉枪轻松就把这匹野马给征服了。

牧　民　2：看来，艾力布的宝贝女儿萨如拉是要许配给乌力吉仓喽。

乌力吉仓：（在远处炫耀地高喊着）阿爸，看，野马让我降服了。

道　布　森：这马这么了？像喝了酒一样？你是……是用这麻醉枪降服的？

乌力吉仓：反正把它降服了。这马的鬃毛真好，我要把它统统剪下来……

道　布　森：（高吼）你给我住手！你这算什么本事？（气汹汹地）你滚！你给我滚！

解　　说：哈斯朝鲁发动汽车声，将沉静在回忆中的道布森拉回到了现实中。

哈斯朝鲁：阿爸，阿爸？

道　布　森：噢，什么？

哈斯朝鲁：我去车站接海日了。

道　布　森：去吧。对了，你顺便告诉苏和那臭小子一声，只要我活着，就别想在这儿建什么旅游点。不可能！

哈斯朝鲁：（有些无奈地）行，行。萨如拉，一会儿你记着把血肠煎一下。海日最爱吃血肠。

萨　如　拉：知道啦！我忘不了！你快去吧！

（汽车渐渐远去声）

萨　如　拉：阿爸，今天天气可真好，我扶您晒晒太阳。阿爸，您拿出这坏枪杆儿干什么？是……想乌力吉仓了吧？

道　布　森：别提他！

萨　如　拉：阿爸，乌力吉仓也是您的儿子呀。他靠自己的本事去了自治区摔跤队，还当了教练，培养了好多摔跤手，电视里都报道过他呢。还有，看看他把您孙女海日培养得多优秀啊。

道　布　森：嗯，海日是个好孩子。像我道布森的孙女！她上的是什么学校来着？

萨　如　拉：北京大学。

道　布　森：对！北京的大学。

萨　如　拉：那可是中国最好的大学。毕业后又考上了研究生。今年好像就要毕业回来了。苏和全知道，他们兄妹俩好着呢。

道　布　森：给你阿爸打电话，让他过来一起热闹热闹。我们老哥儿俩又好几天没见喽。

萨　如　拉：哎！（拨电话）阿爸，您过来吧，我阿爸又想您啦。今天海日回……什么？您都快到了？在哪儿？噢——我看见了，看见了。

（笑着）阿爸，您看，我阿爸是急性子，他知道您又念叨他呢。这不都来了吗。

道　布　森：（高兴地）哈哈，这个老家伙，不经念叨。

萨　如　拉：你们老哥俩儿可真是比亲哥儿俩还亲呐。

道　布　森：是呀，好了一辈子了。要不然他怎么舍得答应让刚出生的你做我这个老倔巴头的儿媳妇呢？哈哈……

萨　如　拉：原来真是定的娃娃亲呀？

道　布　森：那还有假？

艾　力　布：（远远打招呼）嗨——老伙计——哈斯朝鲁刚才

　　　　　　打电话让我过来。正好有个顺路车，就搭上了。

道 布 森：我说的呢。就像嗅到气味的鹰，这么快就飞过
　　　　　来了。

艾 力 布：听说你宝贝孙女回来呀？

道 布 森：马上就来了。

艾 力 布：就她一个人吗？

道 布 森：还不知道呢。

艾 力 布：老伙计，如果二小子乌力吉仓能一起回来那就
　　　　　好了。

道 布 森：我不想见他！

艾 力 布：你就是嘴硬。别人不了解你，我还不了解你呀？
　　　　　快 30 年了。嘎查、苏木、旗里变化多大呀，你
　　　　　呢，还守在这里。蒙古包又旧又破都不换，为啥
　　　　　呀？不就是希望哪一天乌力吉仓回来，一眼就能
　　　　　认得出吗？

道 布 森：我才不是为了他呢。我是为了野马河。为了这片
　　　　　大湿地。你没看电视里的新闻吗？今天这里污染
　　　　　了，明天那里干旱了……可我们这里呢，草高水
　　　　　旺，气候迷人。为什么？都是野马河的功劳啊。

艾 力 布：没错，老伙计。你的心思我知道。你对这片草滩
　　　　　感情深呀……

（切入回忆）

牧　民　1：道布森，大家都草库伦了，你还守着这里呀？

牧　民　2：也不做网围栏，不怕那些野兽来祸害你呀？

道　布　森：我才不做网围栏呢。我就希望它们都跑过来呢，越多越好。你们不懂！

牧　民　1：是离不开你的野马河吧？!

萨　如　拉：阿爸，好像海日他们回来了！

解　　说：萨如拉打断了道布森的回忆。

（汽车声由远而近）

海　　日：爷爷——（飞吻声）

　　　　　艾力布爷爷好！大娘好！

艾　力　布：好，海日回来了？

苏　　和：姥爷您也在？

艾　力　布：嗯。

萨　如　拉：海日，你爷爷老早就在外面等你呢。

道　布　森：哈哈，回来好，好！

萨　如　拉：海日，你可是越来越漂亮啦！

道　布　森：苏和，你个臭小子怎么也舍得回来？

苏　　和：爷爷，还生我气呢？您的宝贝孙女回来了，我哪敢不陪同呀？我可是她的护花使者。

萨　如　拉：人到齐了，饭也好了，大家边吃边聊吧。

众　　人：好！进包里坐！坐！

道 布 森：海日啊，来来，坐在两个爷爷中间。

海　　日：爷爷，这毡包也太旧了。您真准备永远住在这儿？

道 布 森：这哪儿不好？你大爷、你阿爸都是在这个毡包里出生的。我住这里踏实。

苏　　和：海日你是不知道，我阿爸阿妈在旗里买了房子，让爷爷和姥爷都搬过去住。他们上岁数了，有个头痛脑热去医院也方便。可爷爷就是不去住，害得我姥爷隔三差五得跑回来。

艾 力 布：哈哈，我们老哥儿俩两天不见就想，这样也挺好。随他吧，随他。

海　　日：爷爷，到底为什么呀？

道 布 森：为什么？我是不放心他们（指苏和）！

海　　日：哥，怎么回事？爷爷不放心你什么？

苏　　和：海日，旗里这些年发展速度很快，党的政策好，牧民们都搞起了多种经营，像畜牧合作社、家庭旅游、乳肉制品加工、皮具工艺等。咱们这儿上了新闻，成了试点。来谈合作的人越来越多了。爷爷说"这野马河让人吵得快生病啦！"。

道 布 森：难道我说得不对吗？

苏　　和：对！我没说您不对。爷爷，我知道您是担心野马河这块宝地会失去原有的样子。怎么会呢？我是抓畜牧经济和旅游工作的副旗长，我的工作是考虑全旗的整体发展和生态建设。

道 布 森：我不管你是旗长还是省长！发展可以，就是不能
　　　　　毁了野马河。
　　　　　（深情地）你们知道野马河多干净吗？就像这里
　　　　　老一辈人的心，清澈透明见底。海日，你的阿
　　　　　爸，当年就是因为他的心不透明了，我才把他赶
　　　　　走的……

（陷入回忆）

道 布 森：你的心让乌云遮住了，眼睛让黄沙眯住了。我没
　　　　　你这儿子！你还站这儿干什么？滚——

解　　说：海日的一声叫喊，打断了道布森的回忆。
海　　日：爷爷！当年你把我阿爸赶走的事儿，我阿爸给我
　　　　　说过。其实，我阿爸早就知道错了，他……
道 布 森：他还知道错？他要是知道错，早就该……
海　　日：爷爷，我忘了告诉您了，其实，这次我是和阿爸
　　　　　一起回来的。
众　　人：啊?！那你阿爸呢？怎么不见他？
海　　日：我阿爸临时接了个电话，说是有一个文化旅游产
　　　　　业的会议。他开完这个会，一定回来见您。
道 布 森：哼！我不稀罕他！
海　　日：（哄劝地）爷爷，您就原谅他吧，我阿爸这些年
　　　　　一直惦记着家乡，一直在为家乡的发展……

苏　　和：（抢过话）是啊，爷爷。都快 30 年了，您就原谅
　　　　　我叔叔吧。咱们旗这些年发展速度这么快，我叔
　　　　　可是功不可没呢！

道 布 森：你懂什么？他还有功啦？不管是谁，只要他不讲
　　　　　信用，不听老祖宗的话，想毁坏大自然，毁掉野
　　　　　马河，我都不会原谅他！

艾 力 布：行了，老哥。都 30 年前的事了，就让它过去吧，
　　　　　过去吧！如今乌力吉仓多能干呀，要回来了，这
　　　　　是多高兴的事儿啊！

哈斯朝鲁：是啊，阿爸。

萨 如 拉：海日回来一趟不容易，吃完饭苏和领她去看看咱
　　　　　家的草场，看看羊群和马群什么的。

海　　日：对！还有那只小鹿。它还在吗？

萨 如 拉：在！都长大了，现在呀，可不是一只喽，你猜现
　　　　　在几只了？

海　　日：大娘，莫非它生小鹿了？

萨 如 拉：（笑）哈哈，傻丫头，一只小公鹿怎么能生出小
　　　　　鹿呀？

众　　人：（笑声）

萨 如 拉：是它招来了其他两只鹿。

海　　日：真的？

萨 如 拉：三只了。你爷爷几次赶它们走，说"找你们的妈
　　　　　妈去吧"，可它们就是不肯走。

海　　日：真的吗？爷爷？您别赶它们走。

道　布　森：嗯！想走就走，不想走就留下，随它们吧。这说明什么？说明……

苏　　和：（抢过话）说明它们喜欢这里，说明这里的自然环境好，说明我爷爷是环保卫士！大功臣！

道　布　森：你这个臭小子！还知道环境好？那你还要搞这个工厂，办那个旅游？

苏　　和：看看，爷爷又来了。您放心爷爷，我们既要发展经济，又要保护环境。

众　　人：（齐声）快吃饭，吃饭。

（河水声、牛羊鸣叫）

海　　日：哥，这次我和阿爸一起回来，就是要和旗里敲定环保摄影基地的事，到底怎么建，建在哪儿。你看刚才爷爷那股劲儿，他如果知道实情，还不气炸了？

苏　　和：海日，先别急，咱们想想办法。

海　　日：想什么办法？快30年我阿爸没回来见爷爷，这次好不容易回来了，我怕他们爷俩见了面，因为摄影基地的事闹得更僵了。

苏　　和：不会。现在想办法让爷爷明白，建摄影基地是为了更好地宣传这里，保护这里。得让他转变观念。

海　　日：怎么才能让他转变观念呢？

苏　和：你和叔叔这次回来正好是个机会。我们旅游业一定要做起来，还要做大。不过，也要顾及爷爷的感受。他老人家毕竟为了这里的自然环境，苦苦守了一辈子。还伤了一条腿，甚至把自己的亲儿子都撵走了……

海　日：嗯。听说他的腿是为了保护黄羊群才伤的？

苏　和：对！有一年冬天，这里的雪特别大，野马河周围出现了好多黄羊，有些不法分子就盯上了这些黄羊……

（切入回忆）

（汽车声、摩托声、叫喊声、枪声混在一起）

偷猎人1：哈哈，今年的黄羊个头好大，弄几只回去。

偷猎人2：你们从那边，我们从这边，快！快追！

道 布 森：住手！不许打黄羊！不许打呀！

偷猎人1：有人来阻止了。怎么办？

偷猎人2：不管他。快，分开走，继续追！

道 布 森：听见没有？不能打黄羊！

偷猎人1：这家伙好像不要命了，冲过来了。

偷猎人2：去，开枪吓唬他一下。

（一声枪声，马嘶鸣、牧羊犬狂吠）

道 布 森：（高声）你们不能打这些黄羊！是犯法的！

偷猎人1：不行啊，他根本不躲枪。这是要跟咱们玩儿命啊。

偷猎人 2：摩托车给我，看我的。我就不信了。

（摩托车加大油门声、牧羊犬狂吠）

道 布 森：你站住，站住！

偷猎人 2：敢放狗咬我。我撞死你！

（摩托加大油门声、牧羊犬狂吠声、马受惊吓声）

道 布 森：（重重摔落在地，随着摩托快速驶过声，他痛苦
　　　　　　地喊了一声）啊——

偷猎人 1：可别出人命，咱们还是撤吧?!

道 布 森：（痛苦声制止）你们不能打黄羊！

偷猎人 2：撤！

海　　日：爷爷可真了不起。一个人对付好几个人，他们手
　　　　　　里还有枪，爷爷一点儿都不惧怕。

苏　　和：是啊，爷爷说，那个骑摩托的先是直接撞他的
　　　　　　马，马惊了。爷爷下马后要夺他的摩托车，他又
　　　　　　直接撞爷爷的腿，爷爷的腿受了伤，才倒在了地
　　　　　　上。不然，他一定能用套马杆把他们统统抓住。

海　　日：那些黄羊呢？

苏　　和：黄羊他们一只也没能带走。爷爷的牧羊犬把他们
　　　　　　撵出去好远呢。牧羊犬回来报信，我阿爸阿妈他
　　　　　　们才把爷爷背回来。

海　　日：哥，爷爷是在用自己的生命保护着这片净土。

苏　　和：是啊。所以，要让爷爷明白，我们在这里建摄影

　　　　　基地，最终目的就是更好地宣传保护环境的重
　　　　　要性。

海　　日：哥，你说得对。有什么好主意吗？

苏　　和：我想这样试试，你看行不行……

（播报演职人员）

下　集

海　　日：爷爷，我回来了。

道 布 森：回来了？看见小鹿了吗？

海　　日：看见了，看见了，是三只。爷爷，我还看见羊群
　　　　　中藏着几只神秘的家伙呢。

道 布 森：小机灵鬼，你也发现了？

海　　日：是苏和哥特意指给我看，我才发现的。那几只黄
　　　　　羊混在羊群里静静地吃草，不仔细看，还真的发
　　　　　现不了呢。

道 布 森：（高兴地）哈哈哈，是啊。第一次发现它们混在
　　　　　羊群里，还不太合群呢，一个个眼睛睁得好大，
　　　　　有点害怕。后来，我假装没看见它们，扔过去一
　　　　　些青草走开了。

海　　日：它们就留下来了？

道 布 森：留下来了。现在你看看它们几个，和那些小家伙
　　　　　相处得就像一个羊妈妈生出来的。哈哈哈……

海　　　日：爷爷，我发现您和这些动物好像天生就有缘。

道 布 森：不是我和它们天生有缘，这是自然规律。你善
　　　　　待它，它会知道，它就信任你；这片土地欢迎它
　　　　　呢，它就一定会留下来的，就像那些野马一样。

海　　　日：那些野马每年都会来吗？

道 布 森：会的。（突然）哎？苏和那小子呢？

海　　　日：他接了个电话，旗里面来客人了，让他回去。

道 布 森：臭小子，一天到晚瞎忙。回来就没待够过半天。
　　　　　还什么护花使者呢。哼！

海　　　日：爷爷，艾力布爷爷和我大娘呢？

道 布 森：他们到那边忙活去了。

海　　　日：爷爷，我想去看看野马河。总听你们说野马河涨
　　　　　水的季节，河两岸就会出现野马，现在正是这个
　　　　　季节。

道 布 森：那么想看野马？

海　　　日：真的想看。

哈斯朝鲁：这几年，野马出现的次数少多了。

海　　　日：为什么呀？大爷。

哈斯朝鲁：可能和周围环境嘈杂有关系吧。有些人偷偷带一
　　　　　些杂七杂八的游客过来，有过来钓鱼的，有乱喊
　　　　　乱叫乱扔杂物的，惊动了野马。

海　　　日：野马那么敏感吗？

哈斯朝鲁：肯定的。它们喜欢安静、自由、舒适的环境。

海　　日：大爷，野马到底长啥样儿啊？

哈斯朝鲁：野马呀，鬃毛长、黑亮黑亮的，性子很烈的。

海　　日：听苏和哥说，您当年为了降服野马，一只手伤得
　　　　　挺厉害。

哈斯朝鲁：是啊。你看，这条疤痕就是当年套马的时候留
　　　　　下的。

解　　说：哈斯朝鲁的思绪陷入了当年套那匹野马的回忆中。

（马嘶鸣声、奔跑声、套马声及吆喊声混成一片）

群 众 1：哈斯朝鲁，快，套住它！对，套住！

群 众 2：套住了。抓紧，一定抓紧绳索——！

萨 如 拉：（兴奋地）哈斯朝鲁，好样的！

（马嘶鸣、狂奔）

群 众 1：哎呀不行，都拖出几百米了，这样太危险。

萨 如 拉：（着急地高喊）哈斯朝鲁——松手——快松手呀——

哈斯朝鲁：我被野马拖了很久，最后，套马的皮绳断了，才
　　　　　发现手成了这样。

海　　日：那后来……

哈斯朝鲁：后来，是你阿爸把马牵回来的。

道 布 森：（自言自语）哼！他那是用麻醉枪打的，算什么
　　　　　本事？

哈斯朝鲁：（小声）咱不说这些了，爷爷听了就生气。

海　　日：大爷，您这么一说，我就更想去看看野马了。要不您带我去吧？

哈斯朝鲁：那得你爷爷同意才行啊。没有你爷爷的同意，谁也不敢靠近野马河。

海　　日：爷爷，我好不容易回来一趟，您就带我去看看吧，求您了。

道　布　森：想看野马也要等到黄昏，或者明天凌晨。

海　　日：为什么？

哈斯朝鲁：因为野马只有在黄昏和凌晨时才会来到河边喝水、散步。它们可能觉得这时候草原最安全吧。

海　　日：噢，是这样。爷爷，我可等不及了，咱们一会儿就去吧。爷爷。

道　布　森：好吧，好吧。

海　　日：（兴奋地）太好啦——大爷，一会儿开上您的车。

哈斯朝鲁：开车？那可不行。

海　　日：为什么？不是十多里路吗？爷爷的腿不好，咱们……

哈斯朝鲁：那也不行。你爷爷绝不允许任何车辆进入野马河区域。

海　　日：噢，明白了。爷爷是为了保护那里的原生态环境，我支持！

哈斯朝鲁：为这事儿，可没少得罪那些搞家庭旅游的牧户啊。他们开着车，骑着摩托要把那些来旅游的人带到野马河边，你爷爷一次次阻拦，说什么也不让过。那些牧户说你爷爷是蛮不讲理的老倔头，还说草原也不光是他一个人的。

道 布 森：哼！草原不是我一个人的，但是这片河水草滩是我承包的，他们开着车，满地扔垃圾，还到河水里折腾，就是不行！

海　　日：对，就是不行！爷爷做得对！

哈斯朝鲁：后来，还有人告到旗里去了，旗里就派人过来调查实情。你爷爷就跟他们说，野马河不仅养育了野马，还养育了这片草原和草原上的人。哪有养大后的孩子不爱惜自己家的？这片草原是干净的，野马河是干净的。钱能换来这个，能换来那个，但能换来这野马河永远的干净吗？

海　　日：爷爷说得太对了！

哈斯朝鲁：后来倒是安静了好一阵子，再后来听苏和说旗里面要统一规划文化旅游产业，要什么……我也说不好。

海　　日：噢，是保护性开发，是生态旅游，是展示草原原始的美！

哈斯朝鲁：要真是这样就好了。

海　　日：我哥肯定会——

道 布 森：苏和那小子要是敢胡来，我也一样把他撵走！

海　　日：爷爷，您放心。我哥绝不会让您把他撵走的。

哈斯朝鲁：天不早了，我去准备马。咱们还是用传统工具——

　　　　　　骑马。

海　　日：对！骑马！

（山风声和马蹄声、偶尔马打着响鼻儿）

海　　日：这边的草可真好呀，比那边的好多了。

哈斯朝鲁：海日看出来了？这片草场啊，是很少让家养的牛
　　　　　　羊马过来的。

海　　日：（恍悟）噢，怪不得呢。我明白了，这叫原生态
　　　　　　保护区，对吧？

哈斯朝鲁：对！野马河快到了。

道　布　森：（突然地）哈斯朝鲁，好像又有人进来了。你看
　　　　　　那边！

哈斯朝鲁：是有人，好像有七八个呢。

道　布　森：他们要干什么？一定又是谁偷偷带来的游客。
　　　　　　走，咱们快点过去。（策马加鞭）

海　　日：（偷笑）一定是我阿爸他们。

道　布　森：快点！驾！

海　　日：爷爷，您别急。您慢点！

哈斯朝鲁：阿爸，好像不是游客。苏和在呢。

道　布　森：是吗？

哈斯朝鲁：嗯。您看那个指指点点的人，不就是苏和吗？

道　布　森：是苏和那臭小子。他带人过来又要干啥？

海　　日：爷爷、大爷，我跟你们说实话吧，那几个人是我

阿爸领过来的。

道　布　森：什么？（勒住马缰）

哈斯朝鲁：乌力吉仓也回来了?!

海　　　日：是的。爷爷，那几个人愿意为我们这里投资，把这里建成"原生态保护摄影基地"。

道　布　森：什么鸡啊鸭啊的？

海　　　日：（一字一句地）是原生态保护摄影基地。就是永远把这里保护起来的基地。

哈斯朝鲁：（肯定地）是他。是乌力吉仓回来了。

道　布　森：原来你们都商量好了的，一起瞒着我。

海　　　日：爷爷，您岁数大了，靠您一个人或者几个人的力量是不行的。我们要在这里建立"原生态保护摄影基地"，是让更多的人加入到保护生态环境的队伍中来，这样，美的东西才能永远留住……

哈斯朝鲁：阿爸，我听明白了，海日说得有道理，这是件好事啊。

苏　　　和：各位企业家，你们看这边。这可是观赏野马河最佳的位置啊。这里离河边差不多200米，不仅观赏角度好，还不容易惊吓到来河边休息饮水的其他动物。这个高坡和这片红柳林，也正好能隐藏住摄影爱好者们的身影，他们可以放心摄影。

众　　人：是啊，是不错。

乌力吉仓：苏旗长说得对！野马的出现是这里最美的一道风景啊。摄影家们可以放心拍照，还不会惊扰野马。可以考虑从这里通向那边修一条窄窄的石板路，供人行走，并限制来拍摄的人数。

众　　人：乌总，这个办法好！这样就可以禁止任何车辆驶入了。

乌力吉仓：必须禁止一切车辆驶入。（感叹地）野马河呀，要是没有了野马，就不美啦。

众　　人：乌总，你还真是了解这里呀。

苏　　和：乌总就是在这里出生长大的，他不仅了解这里的一草一木，他还驯服过野马呢。

众　　人：真的?!只知道乌总是出了名的摔跤手，没想到还能驯服野马？

乌力吉仓：嗨！我那不能叫驯服野马，我那叫投机取巧。还差点剪掉野马的鬃毛。（叹口气）唉！不说了，不说了……

野马河，不能少了野马啊。我们不能人为地驯服、改变它，要想办法保留住大自然最原始的状态。要让生态文明在更多人的心里生根发芽！

各位老总，野马河会永远记住你们的。

众　　人：好，好哇！（掌声）

乌力吉仓：（制止）嘘——记住，这里不要掌声，这里要安静。

众　　人：（悄悄地笑着）对！安静！

解　　说：道布森、哈斯朝鲁还有海日一直在静静地听着、看着。此刻的哈斯朝鲁再也抑制不住激动的心情。

哈斯朝鲁：（高喊）乌力吉仓！你终于回来了？！

乌力吉仓：哥？！

哈斯朝鲁：你可回来了！

海　　日：阿爸——您看谁来了？

乌力吉仓：（激动地轻声）阿爸？（高声地）阿爸——！

道　布　森：（声音微微颤抖）你还知道回来？

乌力吉仓：阿爸，我虽然离开野马河快 30 年了，可心一直都在这儿呢。阿爸——

（播报演职人员）

——全剧终

　　题注：这是一部描写草原生态保护故事的广播剧脚本，是根据短篇小说《野马河》改编、充实内容、结合当前形势加工而成的。完稿之际，想起了我与爱人走过的文学创作道路，想起了我们在短篇小说集《大草原大森林》（1990年出版）中讲述的 22 篇草原森林故事，想起了我们在散文诗集《绿色请柬》（1992年出版）中抒发的 99 段草原森林情怀，禁不住浮想联翩，又神驰意往……是啊，我们的笔下，永远是家乡故土的山水，永远是草原森林的绿色，永远是父母兄弟的亲情，永远是挚友亲朋的善良！40 多年来，我们坚守同一主题，围绕同一题材，追寻同一目标，讴歌同一愿景……由此我们可以倍感轻松欣慰、可以倍感身心舒畅了……

2022 年 8 月

后　记

　　是大草原的辽阔坦荡、大森林的雄浑浩瀚赋予了我们力量，是社会环境的错综复杂、人事交往的变幻莫测教会了我们思索。所以退休后我们没有懈怠，而是以一种平和的心态面对生活，从容地把过去散见于报刊、零落于书桌、隐秘于日记、游动于心头的飘忽文字整理成篇，编辑出这册令我们胸臆舒展的文学作品集了……

　　回忆起青春年少时的文学追梦经历，我们或曾有过不切实际的幻想，或曾有过按捺不住的轻狂；再想起中年老成后的文学圆梦过程，我们或曾有过不甘示弱的较真，或曾有过寂寞难耐的停歇。但这只是转眼之事，犹如草原上吹过的沙尘、森林里飘落的枯叶，瞬间不见形迹了。而真正深藏于我们内心的，还是那所见所闻的率性表达，还是那所悟所盼的真情抒发。因此这一路走来，我们漫步沉思，我们笔耕不辍，还算把握了"不去趋炎附势，不去追名逐利"的尺度，努力践行了"坚守同一主题，围绕同一题材、追寻同一目标、讴歌同一愿景"的诺言……

　　《感悟生命》共收录了不同体裁的文学作品 58 篇，分为四辑。其中"感悟篇"表达了我们对人生命运、事业追求等永恒话题的理解与感受；"游历篇"畅谈了我们对草原文化、民族历史等繁杂说辞的评辨与认识；"思恋篇"倾诉了我们对父母亲人、故土乡情等生活往事的追忆与怀念。"感悟篇"选用 17 篇，"游历篇""思恋篇"各选用 18 篇，是以散文诗、随笔、散文形式或沉吟或放歌展现的。"心曲篇"抒发了我们对内蒙古大地上环绕的天籁之音、激昂的祈福心声的敬重与赞颂，选录 5 篇，是以广播剧、舞台童话剧、音乐专题形式用心奉献的。需要说明的是，我们在第一、二、四辑的每篇后都附写了"题注"，既交代了写作背景与创作缘由，也补充了作品"言犹未尽"的内容，便于读者与作者之间的心境交流……

　　在《感悟生命》即将付梓之际，由衷感谢出版社领导的关心支持，感谢编辑们的热忱付出，是你们的善意成就了我们"老有所为"的梦想。真诚感谢曾为我们的小说集《大草原·大森林》、散文诗集《绿色请柬》精心作序的文学前辈扎拉嘎胡老师，是您的鼓励指导坚定了我们写家乡山水、写赤子情怀、写身边故事、写心灵向往的信念……

　　深情感谢父母的养育之恩，感谢兄弟姐妹的相亲相伴，感谢同事朋友们的理解关怀，感谢生活中遇到的一切一切……

　　特别感谢宝贝女儿的信任催促，是你无数次要求我们退休后拿起笔来，把从小到大讲给你听的生活道理、处世方法，爷爷奶奶、姥爷姥姥的身世经历，周围亲人、邻里朋友的趣闻逸事，家乡的山水壮美，民族的传奇历史等记叙下来，传播出去，释放心怀，教育后人。这样更增强了我们的勇气和动力……

　　我们深知，《感悟生命》所收篇目是有限的，所写内容有可能存在不当之处。但我们的心意是坦诚的，我们的心迹是纯净的。热切恭候读者的批评指正。

2023 年 8 月于呼和浩特

图书在版编目（CIP）数据

感悟生命 / 维良，小飞 著 . —北京：东方出版社，2024.5
ISBN 978-7-5207-3762-3

Ⅰ.①感… Ⅱ.①维…②小… Ⅲ.①散文集 – 中国 – 当代 Ⅳ.① I267

中国国家版本馆 CIP 数据核字（2023）第 217883 号

感悟生命
（GANWU SHENGMING）

作　　者：维　良　小　飞
责任编辑：杜丽星　刘书含
责任审校：赵鹏丽　蔡晓颖
出　　版：东方出版社
发　　行：人民东方出版传媒有限公司
地　　址：北京市东城区朝阳门内大街 166 号
邮　　编：100010
印　　刷：鸿博昊天科技有限公司
版　　次：2024 年 5 月第 1 版
印　　次：2024 年 5 月北京第 1 次印刷
开　　本：880 毫米 × 1230 毫米　1/32
印　　张：10
字　　数：195 千字
书　　号：ISBN 978-7-5207-3762-3
定　　价：68.00 元
发行电话：（010）85924663　85924644　85924641